♪ 童年之歌

音乐的孩子

宗介华 著

湖南少年儿童出版社·长沙

图书在版编目（CIP）数据

音乐的孩子 / 宗介华著 .—长沙：湖南少年儿童出版社，2024.6
（童年之歌）
ISBN 978-7-5562-7521-2

Ⅰ.①音… Ⅱ.①宗… Ⅲ.①故事－作品集－中国－当代 Ⅳ.① I247.81

中国国家版本馆 CIP 数据核字（2024）第 044433 号

YINYUE DE HAIZI
音乐的孩子

总 策 划：胡隽宓	策划编辑：周亚丽
责任编辑：周亚丽 李 青	版式设计：雅意文化
质量总监：阳 梅	插图绘制：小白的角

出 版 人：刘星保
出版发行：湖南少年儿童出版社
地　　址：湖南省长沙市晚报大道 89 号　邮　　编：410016
电　　话：0731-82196340（销售部）

经　　销：新华书店
常年法律顾问：湖南崇民律师事务所　柳成柱律师
印　　刷：湖南立信彩印有限公司
开　　本：880 mm × 1230 mm　1/32
字　　数：97 千字
印　　张：6.75　　　　　　　　　书　　号：ISBN 978-7-5562-7521-2
版　　次：2024 年 6 月第 1 版　　印　　次：2024 年 6 月第 1 次印刷
定　　价：32.00 元

版权所有　侵权必究

质量服务承诺：若发现缺页、错页、倒装等印装质量问题，可直接向本社调换。
联系方式：0731-82196362。

献给孩子们,

真情的泪水与欢乐的歌……

目 录

开篇
001

第一章
离家乡 泪花流
四合院里度春秋
006

第二章
推小车 迈大步
密云山中修水库
022

第三章
北海游 歌声亮
小船漂漂荡双桨
039

第四章
欣赏课 听民歌
东南西北欢乐多
053

第五章
打竹板 向前行
戒台寺外有歌声
067

第六章
庆国庆 笑连天
天安门前舞翩翩
085

第七章
白先生 教三弦
《十面埋伏》弹得欢
099

第八章
弹钢琴 练指法
琴房里面汗水下
114

第九章
刘三姐 上歌台
三个秀才斗歌来
129

第十章
《红楼梦》 代代传
周总理突访"大观园"
147

第十一章
听评剧 学评剧
《苦菜花》里泪水滴
156

第十二章
图书馆 报刊多
我为蕉萍谱新歌
169

第十三章
想童年 盼日出
偷偷写起"小茅屋"
183

后记
不是结尾的结尾
202

开篇

儿时的农村是贫困的。村里的老人整天在地里转，一年到头也见不到一分钱，要买东西，只能把粮食卖了换回钱再去买。而养猪、养鸡更是为了随时卖了换钱用，多数人家半年都舍不得吃上一斤猪肉。在我家里，只有当我和弟弟妹妹过生日了，或是病了时，妈妈才会煮个鸡蛋作为特殊的犒劳。

为此，农民们最大的希望就是出去当工人挣钱，或是上学以后分配了工作挣工资，农民们都管这叫"当工人"，只要听说谁家有在外边"当工人"的，就会十分羡慕。

我考上北京艺术师范学院附属艺术师范学校，拿到录取通知书的消息，如同一颗巨型炸弹，炸开了爸爸、妈妈多年阴郁着的心。他们的脸上开始有了笑的模样：

"他叔呀，我们那大小子考上了。"

"五哥呀，大小子考上哪儿了？"

"北京。学唱歌儿。过几天就走。"

"那可好了，向你们两口子道喜呀。"

"同喜同喜。"

一转脸，妈妈也跟乡亲们说去了：

"二婶，我们那大小子快走了。"

"上哪儿呀？"

"上北京，考上了，学3年，出来当老师。"

"那可太好了，出来当工人，挣现钱，别像俺们这样整天在地里刨食儿吃，真不赖！"

…………

而乡亲们也在悄悄地传递着听来的信息：

"哎，听说了吗？"

"啥呀？"

"东院县长（乡亲们给我爸起的外号）他们那个大小子，考上北京了，出来当老师。"

"是啊！那个大小子从小就能说。"

"是啊，老辈子人早就说过嘛，3岁看小，7岁看老，那孩子长大了准错不了。"

"是啊。有能耐的走吧，剩下俺们这些老农民接着啃地球（土语，指种地）吧。"

…………

就在大家议论着我上学的时候,爸爸却正在忙着借钱。虽说上学吃饭、住宿不要钱,可进城坐车啦,买笔、书、本子啦,也得花钱,家里一分钱也没有。为了给我凑钱,妈妈去了好几家"借"了鸡蛋到供销社卖了,等我们家的几只老母鸡下了蛋再还人家,而妈妈更累的还是给我拆被子、拆褥子、做鞋、补袜子,白天晚上不停地赶……对于爸爸、妈妈的心思,我看在眼里,记在心上。只可惜自己年纪小帮不了他们什么大的忙,只有好好念书,不让他们担心,似乎才是我应该做的。

我要去北京上学的消息,不知怎么也传到了北京我三伯父家。新中国一成立,我们一家就从北京回了老家,三伯父一家仍然在北京天桥做鞋、卖鞋,忙着挣钱,几个孩子却没有一个在学习上有大出息的,大哥、二哥、三哥不说,就是跟我年龄一样,被三伯父捧为"太子"的四哥,听说也早不念书,回家帮忙卖鞋去了。

每当说起这件事,爸爸就很感慨地说:"过去,咱们家穷,没法跟他们比。眼下,他们可没法跟咱们比了。不管到哪辈子，人也要上学，要念书，要识文断字。介华，好好念吧。咱们人穷，志却不能短，要给你这穷爸、穷妈，给咱们老宗家争点儿光。"

爸爸的话，听得我直流泪！

可是，一想起我这些年走过的路——从天桥的孩子、北大河的孩子，眼看又要成为音乐的孩子，这算不算我在为爸爸、为妈妈、为我们老宗家争光呢？

不，不能算，因为我还没有迈进音乐学校的大门，还没有唱响明日的歌……

一天；

一天；

一天；

一天；

…………

终于，1959年8月31日，去北京报到的日子，到了……

第一章

离家乡 泪花流
四合院里度春秋

天刚蒙蒙亮，妈妈就起来了，点着了干树枝，在炉灶上煮了一锅粥，又烙了两张掺了白棒子（土语，即白玉米）面的白面饼，还破天荒地摊了3个鸡蛋，留下一张小饼裹了摊鸡蛋给弟弟妹妹们尝尝，其他的用一块洗了的旧毛巾包好，作为干粮让我带着，万一到了学校没饭吃，就不用挨饿了。在妈妈看来，上学学什么、学得怎么样她不懂，也不是很上心，但如果让我饿着，她是绝对受不了的。

爸爸呢，早就走了，背了筐到路上捡粪去了。爸爸从小是个苦命的孩子，还不记事，他的母亲就去世了，得了什么病，他不知道。六七岁时，他父亲又去世了，得了什么病，他也不知道。生老病死是常事，可在农村，有了病没钱治，就找个跳大神的巫婆或神汉驱驱"鬼"，病好了算命大，死了就说那是命不好。我一直没法理解又记忆犹深。爸爸的姐姐——我大姑把他带大，所以爸爸一直对她心怀感恩，自从我们从北京搬回老家，每年春节爸爸总要嘱咐我和弟弟妹妹一定不能忘了到离我们村五里地的一个小山村去给大姑拜年……

自1956年从北京回来种地，爸爸就一心扑在去队里挣工分上。他常说，农民就得靠种地吃饭，在队里干了活，挣了工分，才能分到粮食，吃饱肚子。而一早一晚的时候他又去路边捡粪，为村边的半亩自留地上肥……

吃饭的时候，妈妈仍在嘱咐我："去了北京，离家远了，想家就回来看看，别总心疼钱。你爸我们都挺好的，你弟弟和两个妹妹也挺好的，甭惦记家……跟城里的同学要处好，别闹生分（土语，指闹矛盾），星期天要是回不来，闷了就上街转转。街上车多，别轧着……饿了就买点吃的，别老抠着自个儿……"

正说着，弟弟和妹妹都醒了，他们赶忙爬起来边吃饭边趴到炕沿上听妈妈和我说话。

"妈，你们说什么呢？"弟弟率先发问了。

"还能说什么？不就是嘱咐你哥哥几句呗。一会儿，你哥该走了，没人哄你们玩了。以后你爸爸要是不在家，上河沟抬水，你得跟我去，妈一个人可挑不动。"

"我去！"弟弟赶忙说。

"我也去，我也去。"两个妹妹也说话了。

"瞧瞧，哥哥这一走，你们都要长本事了。行，等你们都走了，谁跟我抬水去呀？"

"妈，我不走，我帮你抬！"

大妹妹的话把大家都给逗乐了。

吃完了早饭，妈妈让我带弟弟妹妹们到院里玩一会儿，她要把我的鞋赶忙绱（即把鞋帮和鞋底缝在一起）好，走时好带上。

我带着弟弟妹妹们出去了，去玩什么呢？

忽然，我有了个新主意，出了院子门，就领他们顺着大街往右走。他们并不知道我会把他们领到哪里去，只得茫然地看着我，顺从地往前走。走了大约10分钟，就到了供销社。

说是供销社，其实就是一间房子大的小卖部，从旁门穿过去的后院就是我经常取信的大队部。

弟弟妹妹们不知道我领他们到这里来干什么，因为他们也知道，供销社是花钱买东西的地方，或者是跟着妈妈来卖鸡蛋的地方。可我们家没钱，没有什么可买的，这……

就在他们疑惑的时候，我从衣兜里掏出来一毛钱买了

10 块水果糖,一个人分 3 块,剩下一块给妈妈带了回去……

这是最甜美的礼物;

这是最快乐的礼物;

这是最温情的礼物;

这是最难忘的礼物;

……

农村的孩子一年到头都是忙碌的,如今能吃上梦寐以求的糖,也算是一种享受……

终于,我吃完了午饭——妈妈特意为我们包了一顿掺了白薯干面的饺子……当时的农村,能吃上一顿饺子也是最高档的美食享受了。饭后,弟弟妹妹们争着为我拿东西,弟弟是男子汉,先把网兜抄了起来,里边装了我的毛巾、肥皂和洗脸盆;大妹妹把妈妈刚绱好的鞋抱了去,帮我背上;小妹妹没抢着,就拉着妈妈的手,跟在我们的后边……

这个队伍是感人的；

这个队伍是快乐的；

这个队伍是温馨的；

这个队伍是不舍的；

…………

大约走了半个小时，我们这一行5人，离北大河桥头上的汽车站越来越近了。这时，爸爸向我们迎了过来，原来，

他已经在这里等候我们了。

"爸,您在这儿呢!"

我迎上去,先向爸爸打了个招呼。

"来半天了。"

说着,他从筐里提出个布袋子。

"来,拿着,道儿上(土语,指路上)吃,刚从你姥姥他们后院儿摘的。"

"什么呀?"小妹妹问。

"枣儿,甜着呢。"爸爸说。

"您捡那粪呢?"大妹妹问。

"早倒地里了,不倒了怎么给你哥装枣儿呀?快拿着吧,回来再想吃就没了。"

说着,爸爸把布袋子往我书包里塞。

"东西太多了,我怎么拿呀?"

"报到着什么急呀?今儿晚上到就行了呗。"

"府学胡同在哪里?我还没去过,怎么坐车也不知道。这些东西乱七八糟的,连走道儿都快迈不开步了。"

"慢慢走，甭着急。以后天冷了，有棉衣裳拿起来就穿，现在费点事，以后就省事了。"

"这……"

我无奈地看看包了被褥的大包袱，又看了看弟弟提的网兜里的脸盆，大妹妹背的鞋，现在又加上爸拿来的大红枣……

"哟，二姑姑，二姑父，您这一家子，出门儿呀？"

我一愣，回头一看，原来是四姥爷家我大舅的大儿子，我叫他表哥。

"表哥，您这是要走吗？"

"走。"

"哟，进城，这不是介华考上北京了嘛，今儿报到，我们来送送他，你这是……也走啊？"妈妈向我表哥打个招呼。

平时，妈妈经常夸他这个侄子：从小有出息，学习又好，现在在石景山当老师，经常回来看他爸妈，每次回来还给他爷爷奶奶买好些好吃的，可孝顺了。

"介华考上哪儿了？二姑姑。"表哥走到我妈妈跟前，问道。

"我也弄不清,说是什么……以后当老师,出来教孩子唱歌。"

表哥恍然大悟般地笑了,说道:"那不错呀!师范学校呗,跟我的一样。"

说着他又转向我,关切地问道:"你们学校在哪儿呀?"

"嗯……府……府什么胡同。一着急忘了,通知书上有,您看看。"说着我从书包里掏出了杨叔叔送来的那封信。

表哥熟练地打开信,认真地看了起来。

"噢,知道了。在东城区,厂桥北边一点儿,挨着中央戏剧学院。"表哥点了点头说。

"坐什么车呀?要坐个直接就能到的才行,要不他这些东西乱七八糟的……不好带。"爸爸插话说。

"都带什么了?我看看。"说着表哥看了看我脚下的大包袱,弟弟提的网兜里的洗脸盆,大妹妹背着的鞋,还有放在书包里的大枣。

"哎呀,这么多东西呀!城里人多,一挤,你连车都上不去,这……"他对我爸说,"二姑父,这么着吧,我送他去。

那条路我熟,送完他我就上中央戏剧学院找个熟人去。"

"哎哟,那就太好了,大侄子,麻烦你了,我们也就放心了。"

"二姑,二姑父,你们都甭客气,又不是外人。"

正说着,只听弟弟喊道:"爸,车来了。"

我回头一看,真的,一辆浅红色的公交车正从西边坡上往这边开了过来,车后边掀起一片黄腾腾的烟。

幸好,车上人不多。

在表哥的帮助下,我们把行李搬上了车。向车窗外看去,我发现爸爸妈妈和弟弟妹妹们正向我招手,小妹妹还哭了呢。

顿时,一个热浪打来,我也哭了……

幸亏有表哥的帮助,前后转了3次车,直到下午太阳偏西,我们才找到府学胡同,表哥背着包袱,我背着书包、提着网兜一步步地向前挪。

那胡同并不宽,却很长。不久,路左边传来一阵阵喊声,原来，那是一所小学，孩子们正在操场上排队。

走啊；

走啊；

走啊；

走啊；

…………

可是，直到走完了这条胡同，也没找到我们要去的学校。正在迷茫时，看见从右边胡同走过来一个与我年纪相仿的女孩，表哥赶忙举着我的录取通知书迎了过去："请问，北京艺术师范学校……在哪儿？"

女孩抬手向我们来的胡同指了指："就在前边呀，走过了，你们有什么事啊？"

"报到。"

"报到？报什么到？"

"我表弟……"表哥说着转身指了指我，"考上这儿了，让今天报到，我送他来了。"

女孩忽闪着一双漂亮的大眼睛，笑笑说："我也是考的这儿。走吧，我带你们去。"

"你也是来报到的吗？"

终于，我说话了。

"头放暑假我们就考完了，录取通知书也发我了。过几天我要上医院看个病，现在上学校看看。来，我帮你们拿点儿，太沉了吧。"

说着她就把手伸了过来。

我赶忙说："谢谢了，不沉不沉。"

我发现，这个女同学不但漂亮，还是个热心肠。

我们往回走。很快，到了右边一个刷了红油漆、有两个小石头狮子的大门前，那个女同学用手一指，说道："就是这儿，进去吧。"

表哥奇怪地看了看，自言自语道："这儿……不像是学校啊！还是学唱歌的？"

女同学笑了："就是这儿，里边可不小，有个四合院，还有个小楼呢。来，跟我来吧。"

说着,她迈上台阶,向前走去。

其实,报到处就在一进院向右拐弯的那间小屋里,在一个表格里写上我的名字、家庭住址,就算完成报到了。

在那个女同学的引领下,我们从报到的地方往左走,再向右拐弯,立刻,里边的四合院出现在眼前,虽然不大,却四门对开,规规整整。长这么大我还是头一次看到这样的砖房院子……

忽然,女同学侧过脸来问我:"你叫什么呀?从哪儿来的?"

"我叫宗介华,从房山县来的,你呢?"

"我叫廖蜀屏,家离这儿不远。走吧。"

说着,她快走几步在前边引路。

我们继续往里走,顺着一个不太宽的小道走到头,原来,那里有一间大屋子,里边有几个男同学正在说着什么。

"又来人了,欢迎欢迎!"说着,一个男同学向我们迎过来,把我表哥的包袱接了过去,放在旁边的空床上。

抢先说话的男生是一个个头不太高、看起来很坦诚的人,如同大哥哥一样。

"你叫什么呀?从哪儿来的?"

"我叫宗介华,从房山县来的。"

"好啊,咱们班又多了个房山县的。对了,宗介华,咱们这个屋子住9个男生,上下铺,你挑吧,空一个下铺放洗脸盆就行。"

我巡视了一下,上下叠起来的5个床架子,有5张床铺已经有了被子,这么说,我是第六个。我一抬手,挑了迎门的那个上铺。

表哥和女同学见已经把我送到,他们要告辞了。表哥说他认识地方了,有时间再来看我;那个女同学说都是同学了,以后慢慢就熟了。

我感谢他们的帮助,并把他们送了出去。

表哥把我推了回来,让我抓紧把床铺好。那个女同学要去办别的事,她也让我赶紧休息一下……

当我走回宿舍时,迎接我的那个"大哥哥"已经把我的脸盆拿出来,并在里边打上了热水。

"洗洗脸，休息休息，坐车挺远的吧？"

"中午就出来了，这不是刚到嘛。"

"哟，挺远的。"忽然，他一挥手，向另几个人说，"来来来，都认识一下吧，自我介绍一下，以后就是同学了。我先说，我叫邢继尧，家在西城区。"

"我叫孙宝树，是从昌平来的。"这是个壮小伙儿，他的床上放了支笛子。

"我叫鲍世聪，从海淀区来的。"这人个子不高，却很精神。

"我叫关万全，是从通县来的。"他的个子不但高，而且很壮实。

"我叫孙凤林，家就在城里。"他戴了副眼镜，手里拿着一把二胡，在我没来时，他可能正在拉二胡。

…………

突然，从外边进来了一个背着挎包，手拿一把小提琴，也戴了副眼镜的人，只听他大声说道："哎哎，干吗呢，点名呢？算我一个。本人姓刘名桦，性别男，家住宽街，离这里不到 300 米……"

一下子,他把大家全给逗乐了。

这是一个火热的群体;

这是一个陌生的群体;

这是一个青春的群体;

这是一个充满艺术气息的群体;

…………

面对那一张张陌生而微笑的脸,我在暗暗地思忖:今后,我就要与这些新伙伴们在一起,共同度过 3 年的音乐时光了吧?

这一夜,我失眠了。

第二章

推小车 迈大步
密云山中修水库

早就听老人们说过,人生有三大幸、三大不幸。经过我刨根问底,终于弄清楚了这"三幸""三不幸"的意思。

人生三大幸:

出生遇到了好父母;

上学遇到了好老师;

工作遇到了好领导。

反之便是三大不幸:

出生没遇上好父母;

上学没遇见好老师;

工作没遇到好领导。

平心而论,我是幸运的。

勤劳、朴实的父母,虽然生活贫困,但是教育我要诚实、拼搏、苦干,努力走好自己的路——这是我的第一大幸。

小学的高言珍老师,初中的马淑芬老师、高尚良老师把我引向正路，而今我正在艺术之路上向前行走——这是我第二大幸。

那么刚刚迈入新学校的门槛，教我们的老师又会是怎么样的呢？

当天晚上，我在学校一楼小餐厅里买了饭带回宿舍里吃。

吃着，吃着，不由得，我又想起了当年上初一在河北省涿县一中（后改名为涿州一中）大餐厅吃饭的情景。

涿县一中大，人多，自然餐厅也大，从餐厅这头望到那头，足有一百多米。开饭的时候，"食客"们从四面八方赶来，纷纷围在一起，8个人坐一圆桌，哪像现在这么"小巧玲珑"的呢？但是大有大的壮观，小有小的精华。没有想到，仅仅3年时间，自己不仅从河北省的一所县中学转学到北京市房山县的一所中学，还跑到北京市区的一个艺术专科学校来了……

这是一个进步；

这是一个转折；

这是一个提高；

这是一个飞跃；

…………

晚上睡觉之前，从门口走进来几个人，说是我们的老师，有男有女，有胖有瘦。每个人都是笑眯眯的，让人感觉十分亲切。他们询问我们的姓名，一边与大家握手，一边说着欢迎的话。睡在下铺的几个同学把老师们送走返回宿舍，大家说起了这几个老师的姓名，以及教什么课。看得出来，他们对这个学校已经很熟悉，只有我愣痴痴地听着，说不上一句话。我暗暗地感觉到，我与同宿舍的这些男同学，不，还有与今天来时碰到的那个漂亮的女同学之间都有着一道无形的沟。我是多么希望对这些同学以及这个陌生的学校与老师们了解得更多些呀。

天亮了。

起床了。

吃饭了。

上课了。

我跟着同学来到外面的四合院,听同学们说,我们这个学校是刚刚成立的,它的"母亲"是1956年成立的北京艺术师范学院,分为音乐系和美术系。毕业后,那些学生就被分配到北京市的中学去当音乐老师与美术老师。

随着基础教育的发展,北京需要大量小学音乐教师与美术教师,为此,教育局就让这所学院再生个"孩子",于是也就有了今年暑假招生的北京艺术师范学院附属艺术师范学校,专业有音乐与美术。为了招到理想的生源,学校从放暑假前就通过教育部门把招生通知下发到各城乡中学,经过考试录取了一批学生,但没招满。随后就又向远郊区县下了招生通知,而我就是这第二批招过来的补招生……

按照计划,音乐科招收两个班,每班50人,分为音乐1班和音乐2班;美术科也招收两个班,每班50人,分为美术1班和美术2班。正好，四合院成了4个班的教室。我在音乐2班，1班就在我们教室的对面。美术1班和2班在我们班的左边和右边，与他们相对的是小食堂。

由于报到时就已经知道自己被分配到了哪个班，因此，吃完饭以后同学们就纷纷进了各自的教室。

我们的教室并不算大。课桌与椅子都是配套的，却感觉小了一号，当同学们都坐好时，教室里竟拥挤成一片。出来进去必须小心一点，否则就会碰歪别人的桌子……

在大家的期盼中，一位短头发、大眼睛、中等个头的女老师边向大家招手边从课桌的空隙走上前边的讲台。

她慈祥地看着大家，大家也注视着这位老师。

"同学们好。"

她的声音充满了真诚。

"从今天起，来自各区县的同学，因为音乐走到了一起。作为北京艺术师范学院附属艺术师范学校音2班的班主任，我欢迎大家的到来。"

同学们高兴地鼓起掌来。

"我姓陈,叫陈舜萍,是你们的班主任,也是你们的俄语老师。对面的音1班班主任叫许敬行,教咱们音2班的视唱练耳,我教他们班的俄语。为了让大家在这个崭新的集体里更快地互相熟悉,我提议,同学们都介绍一下自己叫什么名字。先从前边的女同学开始,然后是男同学。大家同意吗?"

"同意!"

"好,那就从第一排第一个女同学开始吧。"

立刻,一个小个子女同学站了起来,并说出了自己的姓名,然后,声音一个个地接了下去:

"我叫陈时玉。"

"我叫崔君芝。"

"我叫王明丽。"

"我叫傅耀珍。"

"我叫黄俊兰。"

"我叫季美丽。"

"我叫张韵璇。"

"我叫廖蜀屏。"

"我叫李俊德。"

"我叫郦美玉。"

"我叫张淑荣。"

"我叫孙建英。"

"我叫唐春生。"

"我叫袁曼芝。"

"我叫廖洪薇。"

"我叫栾娜莉。"

……………

女生们报完了,随后男生们从前到后也报了起来:

"我叫鲍世聪。"

"我叫潘宝瑞。"

"我叫刘桦。"

"我叫宗介华。"

"我叫王玉筝。"

"我叫邢继尧。"

"我叫郑树起。"

……………

听着这许多陌生的名字,我暗暗地数着:女生 37 人,男生 12 人,一共 49 人。看着那一个个陌生的面孔,我在想:从今天开始,这些人都是我学习音乐的同伴吗?

在大家的掌声中,陈老师介绍了她自己。原来她是江西鄱阳人,1955 年从中国人民大学俄语系毕业,做了两年俄语助教,自 1959 年 9 月起担任我们班的班主任。

陈老师还给我们讲了学校的特色,对同学们的要求,以及开学后的工作安排。然后她告诉我们,不久学校要组织大家到密云去参加修水库劳动,一是让大家接受劳动锻炼,同时,这也是老师和同学们之间一次很好的相识机会……

果然,开学后不久,第一次去密云参加修水库的劳动开始了。

那天早晨,我把行李打包背好,又用网兜带了脸盆、旧衣服和鞋，如同从老家来报到时一样。

中午乘汽车到达密云时，映入我眼帘的是一片秋天景色，满山的黄色，满山的枣树，还有成片的工棚。

后来我才知道，为了解决北京城里的饮水问题，北京的北边修了两座水库：一座是昌平县的十三陵水库，一座是密云县的密云水库。十三陵水库已经在1958年6月建好了，面积很大，相当于北京颐和园里的昆明湖的20倍。毛主席亲笔为它题写了"十三陵水库"五个大字。而密云水库是在1958年9月开工的，成了十三陵水库之后北京的又一座大水库，被人们称为亚洲最大的人工湖之一……

山坡下是一片黄乎乎的工棚，那是用席子搭的，里边铺了两排睡觉的床铺——下边铺了稻草，上边盖了席子。我们把行李放好，就准备去参加劳动了。

工地上，劳动的项目是多样的：有用铁镐刨土的，有用铁锹挖坑的，有用铁锨铲土的，有用小车推土的，有在小车前边捆个绳子拉车的……但不管干什么都是一片一片的，似乎人们已经分好了地盘，各司其职，互不越界，而且在那一片片的场地上还有许多五颜六色的——

哎呀，我恍然大悟了，这不是各单位插的校旗和彩旗吗？红色的、黄色的、蓝色的、绿色的，五彩缤纷。这可是我这个农村娃从来没有见过的热闹场面呀！出于好奇，我偷偷地四下巡视着，想看清飘动的旗子上到底都写了什么字。

啊，看见了——

清华大学；

北京市第一中学；

北京市第十三中学；

北京协和医院；

北京市同仁医院；

北京大学；

中央音乐学院；

中央戏剧学院；

北京艺术师范学院；

…………

我们来到山坡下的枣林旁边，见两个人正在插一面新旗子，那……那不是我们学校的旗子吗？上面的名字正是北京艺术师范学院附属艺术师范学校。

立刻，大家各抄"兵刃"去了。工具如同排好队一样，分别摆得整整齐齐：

铁镐、铁锹、铁锨、小推车。

我直接奔着排得整整齐齐的那片小推车去了。

小推车是独轱辘的，上边有个木板箱，晃了晃，很结实。下边的车轱辘比自行车的车轱辘粗一点，我用双手按了按，气很足。我推起一辆就要走。可上哪儿去推土呢？扛着铁锨、铁镐和铁锹的同学正跟着一个管劳动的男老师往前边走去，那里是沙土地，挖沙的地方就在前边，我们几个推小车的同学立即跟在他们后边。

我虽然个子不高，但推小车并不外行。在老家时，爸爸经常不在家，妈妈就让我推小车跟着乡亲们到集市上去卖粮食、买东西，或者往地里推粪、往回推庄稼。由于人小劲小，车又大，每次妈妈都让我少装点。开始练推车的时候，车总

是往两边倒。听邻院的二叔说,推小车要眼看前边,屁股要来回地扭,把好了方向,车才不会倒。

很快,我们便开始了劳动。

我推着半车沙子向着指定的大坑跑去,到了坑边一抬胳膊,"哗"地把沙子一倒,再后退几步一转身,就又跑了回来……

一趟;

一趟;

一趟;

一趟;

…………

荒坡上晃动着人影,原来是一些干活的人正顺手捡枣树上落下来的枣儿吃。在甜蜜的诱惑下,我卸了沙返回时,也特意绕路去捡了一把。哇,半红半绿的小枣十分香甜。后来我才知道，密云小枣也算北京的特产之一呢。

晚上吃饭的时候，学校带队的那位男老师指着我说："这个男同学……别看个子不高，可真能干！"

我却笑了笑，心想，这算什么，在老家不是总推小车吗？

吃完晚饭，有位女老师让我们聚在一个大工棚里，说要教大家唱歌。我觉得奇怪，怎么在工地上学唱歌呀？学什么歌呢？过几天不就回去了吗？

这时，那位女老师把一张白纸挂在工棚的墙上，我看到，那是一首名为《劳动好》的歌，用黑笔抄在了白纸上，连词带曲都有。

我默默地哼了起来：

"劳 动 好

劳动好，
劳动好，
我们的劳动大军真正好；

学勇敢,

学勤劳,

学习把幸福生活来创造。

学习踏踏实实干革命,

学会和劳动人民心一条,

好钢要经过千锤百炼,

真金才不怕烈火烧!

……"

很快,那位女老师来教大家唱歌了。由于大白纸上有简谱,下面又有词,我们这些学音乐的同学们学起来是很快的。

唱啊;

唱啊;

唱啊;

唱啊;

…………

一个晚上，大家就把这首新歌学会了。当老师让大家齐唱一遍的时候，这声音不但是整齐的，而且是洪亮的：

"劳动好，

劳动好，

我们的劳动大军真正好；

学勇敢，

学勤劳，

学习把幸福生活来创造。

……"

即使在梦里，我仍在默默地唱着这首歌……

第三章

北海游 歌声亮
小船漂漂荡双桨

从修密云水库的工地返回后,稍微休息了一下,我们便正式上课了。

我看了看功课表,上了9年的学,功课表是看过不少的,不外乎语文、算术（后改为数学）、政治、地理、历史、物理、自然、化学、音乐、体育、美术、生物以及劳动等课,可今天摆在面前的,却与往昔大不相同,除了传统的政治、语文、体育等,还有乐理、合唱、欣赏、乐器等"新鲜"的课,我这个农村娃不由得眼界大开。

一天课后,陈老师通知我与另外3个同学到她的办公室去开会。参加了密云水库的劳动,同学们渐渐相互熟了。在我们班的49个同学中,共有4个团员:除了我以外,还有一个戴眼镜的叫王玉筝的男生,家住西城区;另外两个女生都住在海淀区,一个叫包如兰,一个叫唐春生。陈老师把我们召集在一起,开了个团员会,要选出支部委员,成立团支部。

在陈老师的主持下,我们每个人都做了个自我介绍,包括家庭成员、入团时所在的学校、入团的时间等等。经过选举，大家选包如兰为第一届团支部书记，唐春生为组织委员，我为宣传委员。

回忆起来，我入团的时间还是比较早的。

上小学五年级的时候，我第一批加入了学校鼓号队学吹号。由于上学放学一路吹，练得多又练得勤，我很快掌握了要领，号吹得很响亮。五年级下学期，为支援国家建设，也为了军事上的需要，学校组织了小话剧组向农民宣传多种棉花。正巧，话剧组缺演爷爷的男孩子，我便报了名，与另一个班演孙女的同学搭戏，到学校附近的几个村去演出，剧名叫《糊涂的爷爷》。这个节目受到了各村的欢迎。因此，学校团支部"瞄"上了我，说我积极参加社会活动，破格吸收了我。当时我14岁，在全校仅有的几个学生团员里，我算比较显眼的一个。

既然另外3名团员选我当团支部宣传委员，我得好好干下去。上有学校团总支，下有大家支持，就没有做不好的事。

在团支部成立的会上，大家商量了两件事：

第一,发展、培养申请入团的积极分子;

第二,近期搞一次团支部活动,吸引更多同学靠拢。

那么,这个活动应该怎么搞呢?大家众说纷纭,最后确定下星期到北海公园去划船。

这该是多么有趣、活泼而又浪漫的团支部活动啊!长这么大,我还没去过北海公园,没有在公园里划过船,也没有参加过这样的团支部活动。

那是个星期日,我们4个人约好下午两点在北海公园东门口集合。

走进园内,我们面前立刻呈现出一片崭新的天地——婀娜多姿的垂柳,悠闲自得的游人,微波荡漾的湖水,让人陶醉。这时,挂在树上的大喇叭里正在播放一首优美的歌:

"让我们荡起双桨,

小船儿推开波浪,

海面倒映着美丽的白塔,

四周环绕着绿树红墙。

小船儿轻轻漂荡在水中,

迎面吹来了凉爽的风。

红领巾迎着太阳,

阳光洒在海面上,

水中鱼儿望着我们,

悄悄地听我们愉快歌唱。

小船儿轻轻漂荡在水中,

迎面吹来了凉爽的风。

……"

哇!多么动人的歌声啊,这是我第一次在喇叭里听见孩子们用自己的声音唱自己的歌。

后来我才知道,这首歌是 1955 年拍的儿童电影《祖国的花朵》里的主题曲。著名词作家乔羽为了写好这首歌的歌词,多次到北海游览,还特意划着小船在湖中逛了好几圈。

而曲作家刘炽为了找到创作的感觉,把词作家乔羽的创作灵感抓住,就与孩子们一齐到北海来划船。划呀,划呀,忽然灵感来了,他就赶忙到岸边一坐,把稿纸铺在膝盖上飞快地写了出来。

美妙的歌声来源于生活;

美妙的歌声来源于儿童;

美妙的歌声来源于小船;

美妙的歌声来源于快乐;

…………

这时,湖边一块红色的方木牌吸引了我们。原来,那是向游人们介绍北海公园的:

北海公园简介

北海位于北京城的中心,是中国现存历史上建园最早、保存最完整、文化沉积最深厚的古典皇家园林。

> 北海公园是北京最大的市内水面公园,是金、元、明、清的皇家西苑。
>
> 北海公园是北京赏荷、赏菊、食膳、观北京全城之地。

这些引人注意的宣传语,使我对北海公园有了一些了解。我不觉暗暗高兴,第一次团支部活动选在这里,更增添了一种快乐。

我们4个人不停地看着、说着、转着、走着。

没过多久,前边又出现了一块红牌子,是介绍白塔的。对于塔,我是不陌生的——涿州城的东北有两座塔,我上去过;在我们村北边的另一个村有一座塔,我也见过。那么,这座白塔有什么新奇的呢?我认真地看着介绍:

北海白塔简介

北海白塔又称永安寺白塔,位于北京北海公园永安寺内,建于清顺治八年(1651年),是一座藏式喇嘛塔,也是北海的标志性景点。

白塔座边长18.2米,座上为三层圆台,中部塔肚为圆形,最大直径14米。顶部下层的地盘重2000多公斤,其下面挂有16个铜制风铃,每个铜铃重约8公斤,铜铃呈六角形。

这该是多么壮观的一座塔啊!为了一睹白塔的面貌,我们顺着湖边一直向前走。果然,来到白塔下面时,只能仰视而见。漂亮的白塔不但塔身洁白,而且造型美丽,与涿州城外的塔以及我们邻村的砖塔是风格完全不同的建筑。

我们继续往前走,好尽快划上船。就在一排排小木船的旁边,又立着一块红色的木牌子,原来是介绍北海这片湖的。这湖名为太液池:

太液池简介

北海太液池即北海人工湖，占地150亩，象征北海，起名太液池。

我一看，立刻陷入了沉思。

农村人种地，一开口就是你家种了多少亩地。可是一亩地有多大呢，对我而言一直是个谜。一次在地里干活歇歇儿（土语，即休息）的时候，我向爸爸提出了这个问题。爸爸不假思索地答道："这个好算，咱们农村的一亩地，跟你们学校一个半的篮球场差不多。明白了吧？"

"噢。"我恍然大悟了。那么，太液池的湖面面积有150亩，那……那……

身边的王玉筝见我看着红牌子一直在发愣，问我在想什么。我把这个太液池的水面150亩，相当于220多个篮球场那么大一说，他们听了，也都惊讶得张大了嘴巴……

我们继续往前走。忽然，包如兰一指前面的大红牌子，惊奇地说:"你们看,那里又有个大牌子。"

我们走过去一看,原来是从南门进来以后就可以看到的"北海公园景点大全"。

啊,景点大全!只要一看这个大牌子,北海公园那么多的景点都可以一览无余了呀!

> **北海公园景点大全**
>
> 北海公园内景点众多,可划为北岸景区、东岸景区、琼岛景区、团城景区四大区块。
>
> **北岸景区:**
>
> 主要景点有小西天、铁影壁、九龙壁、静心斋、五龙亭、西天梵境等。
>
> **东岸景区:**
>
> 主要景点有濠濮间、画舫斋、先蚕坛等。
>
> ……………

由于时间已不早,我们赶忙走去租船了。兴许是开学了的原因,划船的人并不多。很快我们便租到了一艘小木船,一个小时租金五毛,两个小时一块。按照事先说好的租金4个人平均摊,划两个小时,每人花两毛五分钱。

我第一次坐小船,心里有些害怕。虽然念小学时的一个冬天,我曾跟着二叔一起到北大河划过用高粱秆捆成的筏子,但那儿水并不深,就算掉下去顶多喝几口水,远比在这儿放心得多。谁知道这里的水有多深呀!

按照分工,我们两人一组,前一组先划;另两个人坐在中间,10分钟轮换一次……

我们4个人中,除了我是从农村来的,另外3个都是城市娃,而且父母都有一定的文化,来北海划船恐怕早已不是第一次了。于是,当王玉筝与唐春生划的时候,小船顺顺当当地离开了码头,向着河心漂去……

平生以来第一次,我坐在这漂浮、游荡的小木船里,心里实在是美极了,仿佛这天、这地、这人、这水都在一齐随着我漂浮、游荡,不,我们正缓缓地向着蓝天飞去……

忽然,公园的大喇叭里再次传出《让我们荡起双桨》的甜美歌声,只听王玉筝大声喊道:"唱,咱们跟着一齐唱吧。"

"好!"

我们附和着。

立刻,唐春生与王玉筝边唱边晃着头,我和包如兰边拍手边晃着头……我们都美滋滋地唱——

"让我们荡起双桨,

小船儿推开波浪,

海面倒映着美丽的白塔,

四周环绕着绿树红墙。

小船儿轻轻漂荡在水中,

迎面吹来了凉爽的风。

红领巾迎着太阳,

阳光洒在海面上,

水中鱼儿望着我们,

悄悄地听我们愉快歌唱。

小船儿轻轻漂荡在水中,

迎面吹来了凉爽的风。

做完了一天的功课，

我们来尽情欢乐，

我问你亲爱的伙伴，

谁给我们安排下幸福的生活。

小船儿轻轻漂荡在水中，

迎面吹来了凉爽的风。"

漂啊；

漂啊；

漂啊；

漂啊；

…………

我们的小船随着甜美的歌声继续向前漂去……

第四章

欣赏课 听民歌
东南西北欢乐多

看着功课表，我一直在暗暗地琢磨：什么叫欣赏呢？欣赏课又是怎么样上的呢？

由于找不到答案，我就偷偷地查了词典：

欣赏：是指享受美好的事物，领略其中的情趣，如名曲欣赏，电影欣赏……

我似乎有些明白了，却仍在心里嘀咕，听歌、看电影、看戏等于欣赏，那么欣赏课呢？

我盼望着欣赏课快快到来。

终于等到了这一天，上课铃声响后，同学们走进教室，我却悄悄地向门口张望，想尽快知道教我们欣赏课的老师是什么样的。我想率先"欣赏"一下那位老师……

很快，一个个头不高、胖瘦适中、十分精神的男老师走进了教室，顺着不太宽敞的桌椅空隙走向了讲台。他的声音不大，却很亲切。

"同学们好，很高兴教你们的欣赏课。我姓周，叫周守汉。许多同学也许是第一次接触欣赏课,对欣赏课不了解,认为学音乐只要多学歌不就行了,多弹琴不就行了,多学乐理知识不就行了。其实不行。为了说明欣赏与音乐的关系,我下面可以举些作家的例子。同学们都喜欢读小说,无论是湖南作家周立波的《暴风骤雨》,还是河北作家浩然的《艳阳天》,还是陕西作家柳青的《创业史》,这三部长篇小说都是写农村生活的,都受到了广大读者的喜欢,但三部作品写作的时期不同、地域不同、写法不同、角度不同,读起来味道也不同。这是为什么呢?大家如果了解这三位作家的出生地、年龄、生活环境,就会知道这三部作品不同的原因。作家写作靠生活、靠语言,而我们所学的音乐呢?同样也需要鉴赏音乐背后的生活和语言。因为文学和艺术是相通的,它们是亲兄弟。"

周老师讲课时和蔼可亲,娓娓道来,很有吸引力。从小学到中学,我听了语文老师、数学老师以及其他科目老师的讲课,他们年龄不同、性别不同,有的老师对讲课的内容是生疏的,缺少吸引力和感染力。今天听着周老师的课,我却非常入神,似乎每句话都会感染我、打动我、吸引我。长这么大,我还是头一次听这样的课。

我全神贯注地听着。

"同学们都是为学音乐而来的,音乐是你们的专业。但你们发现没有,任何一首歌,不管是专业作曲家创作的,还是民歌,都有一个特点,就是它必须从属于某一个地域,反映那个地方人们的喜怒哀乐。在这点上音乐与文学是一样的。

"也许有的同学不信,真的是这样的吗?

"为了让同学们了解音乐的地域特色,下面我要让同学们听两首民歌,请大家注意,无论是歌词,还是曲调,都会为某一个地方的人服务,表达他们的心声。

"首先,我想让同学们听一首大家最熟悉的,也是在全国流行范围最广的河北民歌(有的人也把这首歌归为北京民歌)《小白菜》。

"大家知道,小白菜是我们北方常见的一种蔬菜,白帮、绿叶、个头不大,价格也很便宜,是我们常吃的一种菜。但这首民歌唱的却不是菜,而是一个年纪很小就失去了妈妈的小女孩，名叫小白菜。从名字上就让人感觉到这个孩子的苦难——小白菜。为什么她不叫大辣椒啊？为什么不叫大黄瓜呀？因为这样的菜不但要比小白菜价格贵，而且从比喻的形象上看，也没有小白菜更让人觉得可怜……"

说着，周老师把早就放在讲桌上的一个方匣子打开，露出里边一个弯曲而且能转动的针头。他一手按住方匣子，一手摇起了插在方匣子边上的摇把。那摇把并不大，却很像农村人在水井打水，先在井台上摇着的辘轳把。

渐渐地，"辘轳把"转得慢了，像是越来越吃力的样子。直到快摇不动了，他才停手。

这时，周老师又从书包里掏出一张叠着的大白纸，打开以后挂在黑板上，立刻，《小白菜》的歌词展现在我们眼前。周老师让我们先看歌词。

我们默默地念了起来：

"小白菜呀，

地里黄呀，

三两岁呀，

没了娘呀。

亲娘呀，

亲娘呀！

跟着爹爹，

还好过呀，

只怕爹爹，

娶后娘呀。

亲娘呀，

亲娘呀！

……"

  读着这凄凉、冰冷的文字，我的心不由得收紧了。大家一个个紧紧地盯着前方，注意着周老师的一举一动。

  "大家读了这凄凉的歌词，心里一定在同情小白菜这个女孩子的不幸遭遇吧。下面我就把这首民歌给大家放一遍，请大家随着这凄凉的曲调来感受一下这首民歌的深刻内涵……"

说着，他拿起木匣子上的针头，慢慢地放在已经转动起来的唱片上……立刻，针尖摩擦之后发出了"嚓嚓"声……很快，从弯曲的针头上面传出一个小女孩如泣如诉的声音——

"小白菜呀，

地里黄呀，

三两岁呀，

没了娘呀。

亲娘呀，

亲娘呀！

跟着爹爹，

还好过呀，

只怕爹爹，

娶后娘呀。

亲娘呀,

亲娘呀!

娶了后娘,

三年半呀,

生个弟弟,

比我强呀。

亲娘呀,

亲娘呀!

弟弟吃面,

我喝汤呀,

端起碗来,

泪汪汪呀。

亲娘呀,

亲娘呀!

亲娘想我，

谁知道呀？

我思亲娘，

在梦中呀。

亲娘呀，

亲娘呀！

桃树开花，

杏花落呀，

想起亲娘，

一阵风呀。

亲娘呀，

亲娘呀！"

听着，听着，我的腮边淌下了热泪，偷偷向左右看看，许多同学也都泪眼汪汪的。有个女同学一边擦着眼泪，一边在抽泣……看得出来，大家都被那一幕幕凄凉的"场景"感染了。

很小的时候,我就听妈妈唱过这首歌,也听别人家的爷爷奶奶们唱过这首歌,却都不像今天听了这样令人悲伤……

"同学们,《小白菜》是一首在我国河北、北京、内蒙古、天津等北方地区广泛传唱的民歌小调,塑造了一个天真的农村贫苦幼女失去亲娘而受人虐待、孤苦无助的可怜形象,也是对万恶的旧社会不尊重人及不合理家庭关系的一种反映。可是,为什么这首民歌有如此强的感染力呢?除了歌词形象生动以外,还有一个重要的原因,就是它的曲调特点。

"不知道大家听出来了没有,这首歌的第一个小节是整首歌的'母体',从上向下行,如同哭一样。由于有了'母体'的样子,接下来的歌曲虽然有五节,但基本上都是像第一节这样唱下来的。为什么要这样安排呢?那是出于营造悲凉氛围的需要,表达痛苦的需要,如同一个人在哭着告诉你,有个小姑娘叫小白菜,由于妈妈死了,就跟着爸爸一起过。可她就怕爸爸给她娶后妈。谁知道,怕什么来什么,爸爸还是给她娶了个后妈。后妈对她不好,生了个弟弟处处比她强,弟弟吃面,她只能喝稀汤……饿了怎么办?想起了妈妈,可是妈妈在哪儿呢?她只能在梦里与妈妈见上一面……谁听了这样的话不哭呢?而人们哭的时候,声音都是由大到小地下滑……也才更有感染力。大家看看这首民歌的曲谱。"说着周老师把抄了曲谱的纸挂在了黑板上。

> 小白菜
> 1=bA 4/4
> 慢 凄凉地   河北民歌
> 5 3 3 2 - | 5 5 3 3 2 1 - | 1 3 2 6 - | 2 1 7 6 5 - | 4 6 1 6 5 - | 6 2 1 6 5 - ||
> 小白菜呀, 地里黄呀, 三两岁, 没了娘呀。 亲娘呀, 亲娘呀!

正当我们沉浸在歌曲的悲痛中时,周老师忽然说道:"大家都看过歌剧《白毛女》吧?这是一部反映受苦人杨白劳的女儿喜儿,被地主恶霸黄世仁迫害逃进深山变成了白毛女,后来被解放军从山里救出来当家做主的感人作品。其中有一段喜儿的唱腔《大叔大婶救救我》,请看这段曲谱。"说着他又把抄了曲谱的纸挂在了黑板上。

> 1=A 2/4
> 高亢 悲愤地　　大叔大婶救救我
> 　　　　　　——歌剧《白毛女》片断
> 6 55 ⁵6 3 — 1 3 2 2 ⁵3 1 — 1 1 3 ⁵3 1 — 1 6 2 ⁵3 1 — ³||
> 猛　听说　把我　　卖给了人，　好比烈火　烧在身！
> 大　叔　大婶　　给我做主，　誓死不进　黄家门！

"现在再请大家听一听,这个《白毛女》歌剧的片段与刚才听的《小白菜》民歌的曲调有什么联系?"

说着,他提起了弯曲的针头,慢慢地放在已经转动起来的唱片上……立刻,针尖摩擦又发出了"嚓嚓"声……很快,弯曲的针头下传出了一个激昂的女高音——

"猛听说把我卖给了人,
好比烈火烧在身!
大叔大婶给我做主,
誓死不进黄家门!
……"

《小白菜》,《白毛女》;

一个是民歌,一个是歌剧……

这时,周老师揭晓了谜底:"同学们,通过这样的对照,我们明白了歌剧《白毛女》的曲谱也是来源于生活、来源于民歌的。这就是欣赏!这是音乐,也是文学,它们都离不了生活!"

忽然,周老师站直了身子,脸上露出一种喜悦与阳光的神色,爽朗地说:"下面,我给同学们唱一首歌,请同学们感受一下,这首歌的'生活'应该在哪里?"说完,他唱了起来:

"太阳出来(啰儿)

喜洋洋(欧啷啰),

挑起扁担(啷啷扯匡扯)

上山岗(欧啰啰)。

手里拿把(啰儿)

开山斧(欧啷啰),

不怕虎豹(啷啷扯匡扯)

和豺狼(欧啰啰)。

……"

听着周老师那优美的歌唱,看着他那美滋滋的表情,我们一起鼓起掌来。看得出,这是一位知识丰富、唱讲都好的大专家。有什么比上学遇到了一位好老师还要幸运的呢?

在我们的掌声中周老师唱完了,他立刻又问道:"这是哪个省的民歌?它的特点是什么?在这首民歌的基础上又产生出哪些伟大的音乐作品呢?且听下次欣赏课分解!"

"哈哈——"大家全笑了。

第五章

打竹板 向前行
戒台寺外有歌声

天渐渐地凉了。

一天晚上,班主任陈老师通知大家:"过几天,学校组织同学们到门头沟区马鞍山参加秋收劳动,住在山上的戒台寺,具体的安排到时候再说。学校要求,各班要搞好宣传,发挥团支部的带头作用。具体怎么做,建议团支部研究一下。"

一时间,同学们活跃起来了。

有的说,戒台寺是和尚庙,可大了。

有的说,他和他爸去过戒台寺,里边有3层大殿,那个戒台在全国都挺有名的。

有的说,戒台寺的山上边还有个潭柘寺呢,潭柘寺是皇家寺院,戒台寺是出家受戒的地方……

"受戒?怎么受戒呀?"

"怎么,你也想当和尚了?"

"哈哈——"大家都笑了。

…………

听着大家的议论,我越发对戒台寺充满了兴趣。那会是一个什么样的寺庙呢?像天坛那样到处都是松树?会有高高大大的房子吗？还是像我们老家东大庙那样的小四合院呢？

……………

陈老师还告诉我们，为了加强宣传，丰富大家的精神生活，学校准备办一个广播站，名字就叫"艺师附校广播站"，这次去马鞍山劳动，广播站就开始播报，宣传劳动中的好人好事。

根据学校的安排，第二天我召集另外3个团员开会，研究去马鞍山劳动的宣传方案，同时，也研究了为"艺师附校广播站"供稿的问题。大家都很高兴，决定一齐动手，随时注意此次劳动中的好人好事，也要跟其他3个班比一比，看看哪个班投的稿子多。

终于，出发的日子到了。同学们乘坐学校的大客车来到西直门火车站，从这里坐火车到门头沟去，然后再从门头沟站下车排队步行到住地戒台寺。听说从门头沟站到戒台寺不但路途比较远，而且越往前走越是难行，土路还挺曲折的。

这正是该为同学们加油鼓劲的时候！

临行前,学校学生会组织的"艺师附校广播站"发挥了作用。我们班的鲍世聪、王佩荣两个同学是学生会的,他们都加入了广播站。每个班要各选派一名记者——写得快的"笔杆子",我们班推荐了我,我的笔名叫寒冰。

在"北京艺术师范学院附属艺术师范学校"红色大旗的引领下,我校的劳动大军缓缓走出门头沟火车站,向着戒台寺的方向走去。

土路并不太宽,比较平坦,没有坑坑洼洼。

在老师的带领下,我们6个宣传队员既要背自己的行李,又要拿好竹板和事先写的稿子,一路向前快跑。因为只有跑到大队伍的前面,迎着大家的到来,才好在路边打起竹板做宣传……

这是一种责任;

这是一种任务;

这是一种锻炼;

这是一种快乐。

长蛇般的队伍行走在土路上。

走啊；

走啊；

走啊；

走啊；

…………

渐渐地，行进的队伍缓慢了下来。看得出，大家有些累了。特别是一些女同学，明显是吃力了。

我们跑到前边路口拐弯处就停了下来，而校旗引着的劳动大军离我们还有100多米远。我们赶忙放下行李，拿好竹板，手握稿子，等待着队伍的到来。

当学校大旗一到跟前，我们抄起竹板在美术班记者金声的带领下面朝大家，边打竹板边大声地唱了起来：

"打竹板,

向前冲,

劳动大军真英雄。

真英雄,

代代传,

红军不怕远征难。

红军不怕远征难,

万水千山只等闲。

五岭逶迤腾细浪,

乌蒙磅礴走泥丸。

金沙水拍云崖暖,

大渡桥横铁索寒。

更喜岷山千里雪,

三军过后尽开颜。

尽开颜!

打竹板,

向前冲,

劳动大军真英雄。

真英雄,

代代传,

红军不怕远征难。

红军不怕远征难,

万水千山只等闲。

五岭逶迤腾细浪,

乌蒙磅礴走泥丸。

……"

竹板不停地打。队伍从我们跟前走过时,许多同学向我们挥手,有的鼓掌,也有的跟着喊了起来。大家的劲头被鼓动起来了。我们唱得有些累了,但是不能停。眼看将到队尾了,我们立刻各自抄起行李,转身又向前边跑去了……

跑啊;

跑啊;

跑啊;

跑啊;

…………

来到前边的一个路口,我们就要爬盘山道了,自然,劲更是要鼓的。于是,在音乐1班的记者鲁旭的带领下,大家准备好快板,等待着劳动大军的到来。

近了;

近了;

近了;

近了;

…………

忽然，只见鲁旭一挥手，我们便齐刷刷地唱起了天津快板：

"竹板那么一打呀，

真呀嘛真快活；

劳动大军走过来，

乐呀嘛乐呵呵。

你要问同学们，

为什么都快乐？

参加劳动丰富生活，

好呀嘛好处多。

都有吗好处啊？

一说劳动好，

二说集体好，

三说心情好，

四说劳动锻炼嘛，

路呀嘛路一条！

路呀嘛路一条!

竹板那么一打呀,
真呀嘛真快活;
劳动大军走过来,
乐呀嘛乐呵呵。
……"

见队伍快走完了,我们又抄起自己的东西再向前跑去……

跑啊；

跑啊；

跑啊；

跑啊；

…………

来到山坡上的转弯道口，我们又放下东西等着队伍的到来。

这回轮到我领唱了，这段快板还是我昨天晚上编的呢。

"打竹板，

迈大步，

劳动大军雄赳赳。

雄赳赳，

气昂昂，

唱支歌儿多嘹亮。

多嘹亮,

真叫棒,

你唱我唱大家唱。

大家唱,

拍手笑,

歌儿就叫《劳动好》!

劳动好,

劳动好,

我们的劳动大军真正好;

学勇敢,

学勤劳,

学习把幸福生活来创造。

学习踏踏实实干革命,

学会和劳动人民心一条,

好钢要经过千锤百炼,

真金才不怕烈火烧！

……"

见同学们边给我们鼓掌边随着唱，我们的劲头更足了，眼看队伍又快过去了，我们赶忙背好东西向前跑去……

终于，大队人马来到了戒台寺下边的广场上，负责劳动管理的老师一一分配好房间，并且告诉大家中午12点在餐厅吃饭。同学们各自向坡上爬，去找自己住的房间。

进了戒台寺大门，我们一直向上爬。最高处横着间大房子，推门一看，空空如也，只是地上铺了两排稻草，上面盖了席子。这里住的是男生，一共20个人，除了我们2班的12个男生外，1班的8名男同学也分了来。大家分别打开行李铺床。忽然，屋门一开，进来两个人，见我们都在安放行李，奇怪地说："哎？这里不是罗汉堂吗？哎呀，这些罗汉怎么活了？"说完赶紧关上门跑了。

后来我才知道，这里是十八罗汉堂，而罗汉是佛教中阿罗汉的简称。罗汉堂由于年久失修就被废弃了，成了空屋，而今倒成了我们这20个"罗汉"的宿舍。

由于离吃饭还有一点时间,我从屋外打点凉水洗完了脸就四处去转了。听同学们说戒台寺很大,有好多景点,可景点在哪里呢?我想尽快揭开它的谜底。这时候,有个当地人背了筐草从旁边路过,我忙跑过去。

"大叔,问您一下,这戒台寺……哪儿最好玩呀?"

大叔看了看我,问道:"你是来玩的吧?"

我赶忙解释说:"不不,我是来劳动的,刚住下,我想四周看看。"

大叔恍然大悟。

"噢,来劳动的学生啊!欢迎欢迎。这里边地方可大了,一时半会儿你看不完。这样吧,我给你支个着儿,先看下边那几棵松树,再看戒台,看完这些个,你有工夫再看别处。"

"松树……松树哪儿都有,我小时候在天坛还看过松树呢,在老家过年了我还砍过松树枝插粪堆上呢,那……"

不料,大叔不高兴地摇了摇头,说道:"你们那里的松树哪能跟这儿的比呀？一个天上，一个地下，这些松树中可有受过皇封的呀！"

"黄风？吹风了？"

"什么呀，皇封，就是这儿的几棵松树都有名字，有的是皇上给起的，别处比得了吗？"

"噢，皇上起的名？"

我惊讶得张大了嘴巴。

出于好奇，我告别了大叔，顺石阶而下，在大门口上边的第一层石阶旁，看见一棵挺拔的大松树从老杈处向外伸出了一只"手"，树上系了根绳子，只要一扯那绳子，整棵松树就会"哗哗"作响。向旁边一看，木牌上写着"活动松——乾隆题"。从这里向东走几十步，有棵白皮树干的松树，它的木牌上写着"九龙松"，原来这棵松树的九个杈拧在一起向上长，像是九条龙。而在它的旁边有棵松树向下分开两杈，"抱"住下层耸立的一座金代的小塔……啊！木牌上面写着"抱塔松"。

多么神奇而又形象的松树名啊！

按照别人的指点,我又转身登上台阶,看见大门口有一块模模糊糊的木牌子,上面有关于戒台寺的介绍:

戒台寺简介

北京戒台寺距市区35公里,占地面积约4.3公顷,至今有1300多年历史。戒台寺景点众多。寺中戒坛,人称"天下第一坛"。坛高3.25米,坛上共雕刻了113尊戒神。戒坛上供奉着释迦牟尼坐像,像前的十把雕花木椅是和尚受戒时的座位。

我急切地在殿里东看看,西看看,虽然不懂为什么雕像那样千姿百态,却感到它们十分神秘、逼真。

当我恋恋不舍地走出大殿时,忽然从远处的山上传来悠扬、鲜活的歌声。寺院里哪来的歌声呢?猛地,我明白了,那一定是我们音乐班的女同学爬了上去,向着美丽的马鞍山一展歌喉:

"蓝蓝的天上白云飘,

白云下面马儿跑。

挥动鞭儿响四方,

百鸟齐飞翔。

要是有人来问我,

这是什么地方?

我就骄傲地告诉他,

这是我们的家乡。

……"

哎呀,这不是歌唱内蒙古草原的歌吗?在涿县一中合唱队,我是学过这首歌的。我不由得一高兴,几步跨到高台上,随着马鞍山半腰的歌声,也大声地唱了起来:

"这里的人们爱和平,

也热爱家乡,

歌唱自己的新生活,

歌唱共产党。

毛主席啊共产党,

抚育我们成长,

草原上升起,

不落的太阳。

……"

自此以后,一阵阵不同曲调的歌声会不时从山上飘来……

第六章

庆国庆 笑连天
天安门前舞翩翩

1959年10月1日是中华人民共和国成立十周年的日子。按照"五年一小庆,十年一大庆"的说法,今年的国庆应该是不同往常的大庆。

我发现,北京市街头的商店都在里里外外地布置,路墙边还刷了许多大标语,我们学校也在搞卫生、贴标语,如同要过年了一样。

学校正在组织同学们练习合唱为祖国庆生,大家唱得最多的首先就是《社会主义好》这首歌。

"社会主义好,

社会主义好!

社会主义国家人民地位高,

反动派,被打倒,

帝国主义夹着尾巴逃跑了。

全国人民大团结,

掀起了社会主义建设高潮,

建设高潮!

共产党好，

共产党好！

共产党是人民的好领导，

说得到，做得到，

全心全意为了人民立功劳。

坚决跟着共产党，

要把伟大祖国建设好，

建设好！

……"

另外一首歌就是被誉为"第二国歌"的《歌唱祖国》。

周守汉老师在欣赏课上跟我们讲过：《歌唱祖国》这首歌的词和曲都是由天津的作曲家王莘创作的。据资料介绍，1950年9月15日，王莘从天津到北京来买乐器，傍晚回天津的时候从天安门前路过。忽然，他被天安门广场前的金色晚霞吸引了，抬头一看，一面鲜艳的五星红旗在霞光中高高飘扬。立刻，王莘心潮澎湃，激动万分。当时，32岁的他突然冒了灵感，悄声念道："五星红旗迎风飘扬，胜利歌声多么响亮，歌唱我们亲爱的祖国，从今走向繁荣富强。"从北京开往天津的火车上，没有五线谱纸，他就撕开烟盒，写在背面，边写边唱边打拍子，第一段的词曲就这样诞生了。回到家后他又把妻子叫过来一起哼，一起唱，连夜又把第二段歌词写了出来。当他写完新作满意地点头时，东方已经泛起了鱼肚白……

很快，《人民文学》《人民日报》先后发表了《歌唱祖国》的歌词。不久，中央乐团通过中央人民广播电台演出了《歌唱祖国》大合唱。从此，这首脍炙人口的歌便像风儿一般在国内外流传开来。

1951年10月，在全国政协会议上，毛泽东主席特别接见了王莘，称赞《歌唱祖国》："这首歌好！"他特地送给王莘一套刚出版的《毛泽东选集》，并在书上签了名。从此，《歌唱祖国》这首歌成了激励新中国历代人奋进的合唱歌曲。王莘说："我一生只写了两首歌，一首是《歌唱祖国》，另一首就是我心灵里的《歌唱祖国》……"

这就是创作；

这就是激情；

这就是音乐；

这就是历史；

……

虽然我早在涿县一中的合唱队时就指挥大家唱过这首歌，可自从听了周守汉老师的欣赏课后，每当唱起这首歌来，我的心情就更加激动。

为了迎接新中国成立十周年，我卖力地和同学们一遍一遍地唱响《歌唱祖国》这首歌：

"五星红旗迎风飘扬，

胜利歌声多么响亮，

歌唱我们亲爱的祖国，

从今走向繁荣富强，

歌唱我们亲爱的祖国，

从今走向繁荣富强!

越过高山,
越过平原,
跨过奔腾的黄河长江,
宽广美丽的土地,
是我们亲爱的家乡。
英雄的人民站起来了,
我们团结友爱坚强如钢。

五星红旗迎风飘扬,
胜利歌声多么响亮,
歌唱我们亲爱的祖国,
从今走向繁荣富强,
歌唱我们亲爱的祖国,
从今走向繁荣富强!

我们勤劳,

我们勇敢,

独立自由是我们的理想,

我们战胜了多少苦难,

才得到今天的解放。

我们爱和平,

我们爱家乡,

谁敢侵犯我们就叫他灭亡。

五星红旗迎风飘扬,

胜利歌声多么响亮,

歌唱我们亲爱的祖国,

从今走向繁荣富强,

歌唱我们亲爱的祖国,

从今走向繁荣富强!

东方太阳,

正在升起,

人民共和国正在成长,

我们领袖毛泽东,

指引着前进的方向。

我们的生活天天向上,

我们的前途万丈光芒。"

唱着,唱着,终于,新中国成立十周年大庆的日子来到了。

9月30日下午,学校组织同学们穿上整洁鲜艳的服装,做着晚上到天安门广场联欢的准备。然后,同学们排列成整齐的队伍于下午3点钟出发,步行去天安门。

我们学校离天安门并不算远,走出府学胡同,走过厂桥,走过沙滩,一直向南,两站路之后便到了东长安街。此时的长安街已经是行人如潮。再向右拐,就是天安门了。

按照组织者的指挥,我们在人群中穿行。前边早已经是人的海洋、旗帜的海洋。半个月前在密云水库工地看到的许多学校的旗帜，此时又在这里相会了：

中央音乐学院；

中央美术学院；

北京艺术师范学院；

中央戏剧学院；

北京师范大学；

清华大学；

北京大学；

北京市第一中学；

……

我们的活动地点就在北京艺术师范学院的旗帜旁边。

学校与学校之间，已经被各单位的人手拉手地隔开了。

这时，领队的老师通知大家，要上厕所的赶快去，一会儿就不能出去了，联欢快要开始了。我和王玉筝、邢继尧、鲍世聪、孙凤林等几个同学赶忙举手。领队老师向我们点头后，我们立刻向着他指的方向走去，穿过一道道"人墙"，来到广场旁边的席棚里——这里是临时搭的简易厕所。

渐渐地，太阳的余晖暗了下去，天安门前的灯光亮了起来，挂在电线杆上的长方形音箱响起了美妙的音乐，活泼、欢快。庆祝中华人民共和国成立十周年联欢晚会就要开始了。

刹那间，天安门前成了人的海洋；
刹那间，天安门前成了舞的海洋；
刹那间，天安门前成了音乐的海洋；
刹那间，天安门前成了欢乐的海洋；
…………

由于单位不同、年龄不同、职业不同、性别不同，联欢晚会是"各取所长"的。每个单位围成了一个圆圈，按照音乐的节奏自由抒发自己的兴奋之情。很快，随着音乐我们跳起了友谊舞。其实早在农村上小学的时候，老师就带着我们在操场上跳过这种舞。大家围成里外两圈，互相面对面，随着音乐做出握手、伸臂、点头、鼓掌、跳跃、交换等动作，一段音乐下来,里外两圈人已完成了交换——外圈变里圈、里圈变外圈。然后,随着音乐里圈人向左转身,边跑边唱边拍手,而外圈人只是面朝里站着,一段音乐播完,里圈人停下步子,又转身面向外圈人做握手、伸臂、点头、鼓掌、跳跃、交换等动作。这下,里圈人又变成了外圈人,外圈人变成的里圈人,随着新一轮音乐再次向左转身跑了起来……

乐曲是重复的;

动作是重复的;

快乐是重复的;

而每次面对的舞伴却是新的……

天安门前成了音乐与舞蹈的世界!

跳吧;

跳吧;

跳吧;

跳吧；
…………

跳出了友谊；

跳出了幸福；

跳出了喜悦；

跳出了欢乐；
…………

忽然，我发现隔壁院部（即北京艺术师范学院大学本科）的大哥哥、大姐姐们跳的舞与我们的不一样，我们是转圈加边跑边跳，而他们却是一男一女抱着跳。咦！他们在干什么呢？

这时，挂在电线杆上的喇叭又传来了美妙的乐曲，大家又根据舞曲的特点去跳舞了。天安门四周开启了探照灯，那光白白的、长长的，在天空中交织出不同的图案，把天安门前映得如梦境一般。自然，大家跳得更起劲了。

见我有些发愣,与我对跳的女同学兴许看出了我的疑惑,却没说什么。我实在憋不住了,悄声问道:"他们那边……在干什么呢?"

"跳舞哇。"

"那……他们怎么……抱着跳啊?"

"扑哧——"她乐了,"什么叫抱着跳啊?人家跳的那是交际舞。"

"交际舞?"

"大人才能跳那个,咱们只能跳咱们这个。"

说完,一拍手,一转身,她跳走了……

直到晚上10点,广播才宣布联欢结束。在回学校的路上,我偷偷地想:我什么时候才能像大哥哥、大姐姐他们那样跳交际舞呢?

第七章

白先生教三弦《十面埋伏》弹得欢

许多事情说起来都是很有意思的。比如，由于家穷，在我五六岁的时候，贫困的父母就带着我和刚会走路的弟弟离开农村，到北平（1949年10月1日新中国成立前，北京称为北平，我的三部曲之一《北平旧事》一书中有详细介绍。）去打工谋生了。由于父亲起早贪黑四处奔波，母亲身体不好又要照顾年幼的弟弟，我就成了"没人管"的孩子，成天在天桥转。当时的天桥是艺人们的天下，说书的、唱小戏的、耍猴子的、变戏法的都有，想看什么就看什么。一说打钱了（即收钱的意思），我就跑开，等到开演我又溜了回来，如同耗子躲猫。

在听着、看着的这些玩意儿（当时人们把这些艺人们表演的节目统称为玩意儿）当中，我特别喜欢听单弦，我称它为大鼓书——一个人坐着弹弦，一个人站着边敲三脚架支起来的小圆鼓边唱，又有趣又好听，总也听不够。坐着弹弦的那个人大多是盲人，什么也看不见，可他或她弹起弦来非常熟练：右手的两个指头在圆箱子样的皮上不停地弹拨，左手则在插进圆箱子的那根长长的杆上，上上下下不停地按着三根弦，从圆箱子里发出的声音高高低低的，很好听……

后来，我才知道，那个盲人叫伴奏员，他或她弹的有圆箱子和长杆的乐器叫三弦。伴奏员在右手拇指和二指上各绑了一个半寸左右长的"指甲"，用它们来拨那三根弦；而左手在把位上上下下不停地按，就使音箱发出高高低低不同的声音了。

哇，原来是这样！

万万没有想到，在我们开学以后的第二个学期，我也成了伴奏员的角色，弹起了三弦。

说来有趣，由于学习的需要，不管是学习唱歌，还是学习作曲，每个人都要学一样乐器。出于好奇与喜欢，我选择了弹三弦，因为从小看到这种带长杆的箱子就觉得很神奇。而用右手的两个手指那么上下一拨一挑，左手顺着杆子上上下下地一通儿滑动，三弦就能发出美妙的声音来，这不是更神奇吗？

很快，第一节三弦课就要上了。为了避免干扰别人，三

弦课在后院小楼二层中间的一间宿舍里上。学三弦的共有6个人,都是男生。我们班除了我之外,还有鲍世聪、郑树起,音乐1班也有3名男同学。教我们三弦课的老师会是谁呢?会不会请个盲人来呀?我们6个同学万分期待,可提前到上课宿舍等了半天也不见老师来。

等啊;

等啊;

等啊;

等啊;

……

我想可能学校真的会请个盲人来教我们了。

忽然,楼道传来了"嚓嚓当,嚓嚓当"的声音。我很奇怪,是什么呢?有个同学推门出去一看,又赶忙转过身子对我们悄声说:"来了,来了。"

说完他把门打开,又返回来一招手,我们其余几个人立刻笔直地站在了门边,一边站3个人。哇,这也算是"夹道欢迎"吧!

"嚓嚓当,嚓嚓当……"声音越来越近了,越来越近了。当响声停止的时候,我见门口站着两个人,一个是学校负责教学安排的男老师,另一个是……白头发、戴眼镜、走路很慢的老爷爷,他的右手拄了根黑色的拐杖,左手提了个书包。

"同学们好。现在,让我们欢迎白先生!"

说完,那位老师带头鼓起掌来。立刻,我们6个人也都拍起了手。按照学校规定,学生对老师都叫先生,我刚听有点不习惯。

被欢迎的白先生边向大家点头,边走进了屋,一直走到靠窗户的小木桌旁边坐了下来。

"谢谢大家,谢谢大家。"

他边说话边把拐杖、书包放在桌上,然后向大家挥着干巴巴的两只大手。

看着白先生这慢悠悠的动作,我恍然明白了,原来楼道里"嚓嚓当"的声音都是他"带"来的:由于年纪大,腿脚不太好，腿抬得不高，加上他又穿了一双大皮鞋，所以走起路来就有了"嚓嚓"的声音。而他每走两步，右手的拐杖便往木地板上一拄，自然，楼道里便响起了"当"的声音……

从此，"嚓嚓当，嚓嚓当"便成了这位白先生的代名词。

快要上课了，那位陪白先生来的老师先走了，他说一会儿送乐器来。我不知道他要送什么乐器。

"同学们好，很高兴和大家见面。现在我先来个自我介绍吧。我叫白凤岩，从小跟着我父亲学弹三弦。我的弟弟白凤鸣，是唱京韵大鼓的，我给他伴奏。有时间我再给你们说说我小时候弹三弦的事，可苦了。"说着，他从书包里掏出个喝水用的白瓷缸，又拿出个小铁盒，打开盖子，从里边倒了点茶叶放进白瓷缸里，然后盖上铁盒盖子，放回书包。他举起了水缸，对我们说："劳驾哪位同学帮我倒点热水去？"

鲍世聪坐得离白先生近，说道："白先生，您给我吧。"然后他接过水缸出去了。当他把水缸端回来，放到白先生的桌子上时，白先生又从衣兜里掏出两块蓝格纸包的牛奶糖，对我们说："哪位同学吃糖啊？"

我们忙说:"不吃,不吃,谢谢白先生。"

"您吃吧,您吃吧。"

那个年代,正值国家经济困难时期,粮食少,东西贵,牛奶糖属于高档的奢侈品,一般人是买不起的,而我还是第一次听说这种用牛奶做成的糖。

他喝了一口茶,又撕开包糖的蓝格纸,把一块长方形的白色奶糖放进嘴里,慢慢咀嚼,然后又喝了一口茶……

"跟你们说吧,我自打8岁起,就跟着我父亲学弹三弦,今年我都60多岁了,算一算,我弹了50多年这玩意儿了。"

顿了顿,白先生又喝了口茶。

"我打小儿就没上过学,我父亲对我说:'小子,咱家穷,没钱供你上学,可你一个男孩子,以后总得有点吃饭的本事啊!来吧,小子,跟我学弹三弦吧。可一样,你一定要好好学,学不好我可要揍你!'

"父亲跟我说,为了练好真功夫,就要冬练三九、夏练三伏,每个艺人都是这么走过来的。

"听了父亲的话,每天早晨天还没亮,我就抱着三弦上窑台儿（即现在的陶然亭公园）土岗子上去弹弦子了。虽然是寒冬腊月，冰天雪地，但我也得去，冬练三九嘛。为什么上那儿去练呢？在家练不行吗？不行！弦子一响，声音很大，吵得四邻不安，睡不了觉，哪行啊？虽然窑台儿离家远，天又冷，手脚早都冻木了、冻肿了，直流脓，走道儿也一拐一拐的，可那也得去，父亲在后边跟着呢。开始先练指法，练架子。什么叫指法呢？你们看。"

说着他从衣兜里掏出来两个白色的长指甲。

"看见了吧，这是指甲，短的捆在右手的大拇指上，长的捆在右手的二拇指上。"他边说边捆了起来。

正说着，管教学的老师派人来叫我们上办公室拿乐器去，刚买来的。白先生向我们点点头，又挥了挥手："去吧去吧，拿着三弦就好教你们了。"

一楼的教学办公室摆着6把三弦、6副指甲，旁边还有一绺细长的绳儿，说是每人一把三弦、一副指甲、一根细绳。

顿时，我明白了，这就是发给我们6个学生的6把乐器！俗话说，像不像，三分样。学什么就得有什么东西，我们乐得如同每人发了一杆大枪,抱着三弦,拿了指甲和细绳,乐滋滋地返回了二楼。

白先生见我们领了乐器回来,高兴得直点头。他一伸手,把我的三弦拿了去。

"来吧,都坐好了,我现在教大家把两个指甲捆起来。"说着,他用他的那副指甲做示范,一点一点地教大家。

"注意,指甲捆得要恰到好处,太紧了不行,太松了又容易掉下来。过来,我看看你们捆得怎么样?"

我们6个人排着队,让白先生一个个地检查。

"行。不错。现在我再教大家定弦。大家看见了吧,三弦琴从上到下一共三根弦,所以叫它三弦,要是两根弦呢?那就是二胡了,或者叫京胡、板胡了。"说着他伸出左臂,左手慢慢地拧着琴上边的一个把,而右手同时拨音箱上的一根弦,发出了"嘣嘣"的响声;然后左手又去拧另一个把,右手又去拨音箱上的另一根弦;接着是第三个把……

他手里拿着长杆的三弦,如同一位老兵拿了一杆大步枪,显得那么轻松自如。

很快，白先生又把另外 5 把三弦调好了音。

"同学们，现在你们手上都有了三弦，那么你们觉得三弦好学吗？依我跟三弦打了大半辈子的交道来说，这种乐器是很不好学的，比二胡、京胡、板胡甚至河南的坠胡难学多了。为什么呢？你们看，这个家伙把位长，从音箱到弦把的杆有 3 尺来长，靠左手上上下下地按弦和右手弹弦才能发出各种声音，太难了。还有呢，由于杆长，左手不仅要举起来，还要上上下下地滑着按弦，胳膊太累了，有好些人弹着弹着，弦杆就倒下来了，这还怎么弹呀？所以当初我父亲让我练基本功，其中就有这个，无论在台上弹多长时间，弦杆绝不能倒，这才叫功夫！怎么做到的呢？我在练弹弦的时候，我父亲在琴杆的上边加一个小布袋子，里边装一块小石头，为了不让杆倒了，我右手的手腕就要用劲压着琴箱，两个手指头还要弹弦。慢慢地，我父亲又在琴杆的布袋里加了一块大一点的石头，看我的右手腕能不能压住琴箱，能就再在琴杆上边不断增加石头的重量……就这么一点点地练，才练就我一身的硬功夫。50 多年来，不管演出多少场、多长时间，我弹三弦的左手上下行动自如，弦杆从没有倒过，那是因为右手腕压的劲头太大了……所以，今天给你们上第一堂课，我就要告诉你们，要学好三弦，就要下功夫，下真功夫、硬功夫！"

我们6个人连连点头。

"好吧，这节课就先讲到这，休息几分钟，下节课我给你们弹一段昨天我刚在北京电台录的节目。"

我们一听，高兴得直拍手。我好奇地问道："白先生，昨天您录什么节目了？"

"一会儿再告诉你们吧。下课了。"

带着对白先生的崇敬，我们纷纷走出了屋子，只有一个同学陪白先生去厕所了。那走路的声音是熟悉的，"嚓嚓当、嚓嚓当、嚓嚓当……"。

有个同学似乎对白先生的家庭比较熟悉，他跟我们说："你们知道吗？我早就听说学校要请白先生来教咱们三弦，所以打听了一下。白先生他们家在曲艺界可是大名鼎鼎的。他父亲叫白晓山，在清朝官府里干事，平时还爱唱单弦、京韵大鼓。咱们这位白先生能唱、能弹、能打鼓和快板、能拉琴,还能教人,真是全才。白先生有个弟弟,叫白凤鸣,京韵大鼓唱得好,白先生也给他伴奏。"

"白先生这么厉害呀!他会弹什么呀?"

不知谁问了一句。

"白先生琵琶也弹得好着呢!"

…………

听同学们这么一说,我的心里头热乎乎的。看来我真是大幸,这不,上学又遇上了一个好老师,"名师出高徒",历来如此呀!

上课铃声响了,我们相继走进教室。刚才白先生喝了茶,吃了牛奶糖,乐呵呵地看着我们,眼睛放着光。

"好吧,上课吧。"说着他一伸手,又把我的三弦拿过去了。他把琴杆一举,再次调起了音。

"我呢,干了大半辈子曲艺,也就跟三弦打了大半辈子交道。看见三弦,就跟看见我的孩子似的。所以,你们学校请我来给你们上课,我也挺高兴的。钱多钱少我不在乎,心里高兴就好。下边呢,我用三弦给你们弹一段《十面埋伏》。《十面埋伏》是一首琵琶大曲,也是中国的十大古曲之一,大多是由琵琶独奏的,也有的是用古筝或三弦演奏的。这个曲子讲的是秦始皇去世以后,天下大乱,农民起义,其中一支起义大军的首领刘邦设计了十面埋伏来围攻西楚霸王项羽,逼得项羽自杀了……得了,不讲了,你们以后多读读中国历史就都明白了,下面我就用三弦给你们弹一段吧。"

"谢谢白先生!"

我们给白先生鼓掌。

白先生坐直了身子,拿好三弦,稳了稳神,然后弹了起来……

那曲调是平稳的;

那曲调是诡秘的;

那曲调是急促的;

那曲调是奔放的,仿佛在我们的面前打了一场大仗;

…………

突然,琴声戛然而止了!原来是弹完了。

我们再次为先生鼓起掌来!郑树起赶忙拿起白先生的水缸走下楼打来热水,白先生边喝水边说:"昨天在北京电台录的音是我用琵琶弹的《十面埋伏》,气势比这还要大,有机会你们去听听吧。"

我们高兴地点点头。

直到送走白先生,我仍在暗暗地想:什么时候我才会听到白先生用琵琶弹奏的古曲《十面埋伏》呢?

第八章

弹钢琴 练指法
琴房里面汗水下

根据学校的安排,在府学胡同学习满一年后,我们就全体搬到院本部——北京艺术师范学院所在地——北京市西城区什刹海后面的恭王府去了。府学胡同的这个小院则改为老师们的家属宿舍。

在府学胡同小四合院"浓缩"了一年的我们来到了"大观园",感到舒畅、宽敞,如同在外漂泊的孩子回到了母亲的怀抱,感受到了"家庭"的温暖……

这个新院子确实大,被设计成外、中、里3层院中院,门口有对石狮子把守,十分威严。房子一律卧砖到顶(土语,即都是砖砌成的),房檐上鸟兽齐全。在这3层庭院的两侧和后边,还有大小不同的院中院,我敢说,如果陌生人来到这里一定会迷失方向的。我真想知道,以前能住这样大院子的人,该是多大的官呀?

应该说,我对这里并不是完全陌生的,因为在一年以前的暑假,为了考北京艺术师范学院附属艺术师范学校,我从老家到北京市区来参加考试,那次考试就是在这个大院里进行的。当时就我一个农村的孩子住在小平房的琴房里,不敢乱跑乱动，但这里的外院、中院、后院我还是熟悉的。

我们的新教室在后院右边的一个小院里。在旧学校一直和我们班相对的音乐1班却不知道去了哪里，美术科的两个班更没影了。中午在大餐厅吃饭的时候与美术班的同学见面一问，才知道他们搬到学校外边的另外一个小院去了，与美术系的大哥哥、大姐姐们一起。

上课的地方变大了，条件变好了，加上我们升入了二年级，专业课也增多了，其中最让人欣喜的是增加了钢琴课。班主任陈老师说，钢琴属于键盘乐器，无论学什么专业，钢琴都是必学的。

后来，学校通知我们要选择自己主修的专业。全班46个同学（由于各种原因，有3个同学不在我们班了）各自报名"4选1"——在4个专业里任选一个，这4个专业分别为：钢琴专业、声乐专业（包括民族唱法，比如民歌；以及西洋唱法，比如歌剧）、器乐专业（包括民族器乐，比如二胡、三弦；以及西洋器乐，比如小提琴、手风琴）和理论作曲专业。

那么我选什么呢？

后来我才知道，我们班的同学，真是藏龙卧虎。由于家庭环境不同，学校教育不同，接触的老师不同，虽然大家都学习音乐专业，各自的起点却大不同：

比如学习钢琴专业的廖洪薇，是一个从印度尼西亚回来的华侨。由于家庭条件好，她从5岁开始学弹钢琴，在考我们学校的时候，已经能弹独奏曲了。

比如学声乐专业的廖蜀屏，她父亲是小学校长，母亲是小学教师，在上初中的时候就加入了钢琴小组，在考我们学校的时候，就能唱、能弹哈萨克族民歌《玛依拉》和陕北民歌《绣金匾》。

再比如学器乐专业的陈凤林，在考我们学校的时候就可以用二胡独奏《良宵》《二泉映月》等名曲了。

…………

俗话说，不比不知道，一比吓一跳。无论在声乐，还是乐器方面，我都是落伍者，甚至在来这个学校之前，我连钢琴都不认识。但是，在对民族传统文化的接触和认识上，我却是优先者，正是老北京天桥的传统曲艺文化和农村广阔天地的群众文化之水，养育了我这条"稚嫩的小鱼"。而为我后来的文学创作铺下了一条崭新的路，那自然是后话。

没多思索，我报了理论作曲专业。因为早在我报考这所学校参加面试时，就与一位男老师交谈过：

"你是个农村的孩子，为什么要来考我们这个学校啊？"

"我特别喜欢音乐，喜欢唱歌。"

"那好啊。你学了音乐，以后想干什么呀？"

"以后我想当……聂耳那样的作曲家……"

"哟？你的志向还挺大的呀！"

…………

按照学校的教学安排，除了钢琴专业的同学必须学好钢琴外，其他如声乐专业、器乐专业、理论作曲专业的同学也都必须学弹钢琴，以熟悉键盘，因为键盘是学好音乐的根本。

于是，从未摸过钢琴的我，也开始学习弹钢琴了。

一天，我在大餐厅吃饭，碰到院部的一个大哥哥。交谈中他问我是从哪儿考来的，叫什么名字。我说我是从房山县考来的，叫宗介华。他的眼睛立刻一亮。

"哎呀，是吗？我姥姥家在周口店，住在猿人遗址公园的边上，太好了，欢迎你。你学什么专业的？"

"理论作曲。"

"啊！咱俩学的是一个专业，太好了。上钢琴课了吗？"

"快了。您上了吗？"

"我都学3年了，快毕业了。有时间找我玩去。对了，以后你就叫我强哥吧。有什么事尽管说。"

我真高兴，没想到会无意中认识一个待人如此亲热，又是学同一个专业的强哥哥！

吃完午饭，他带我去了他的宿舍。两人一间的宿舍被一架钢琴和许多的书填满了。我向来喜欢看书，在中学时被同学称为"小书迷"，可站在这间屋子的书架前，我却愣住了，因为那些书封面上印的都是外国字，我一个也不认识。再有就是封面印的不是钢琴，就是大鼻子、白皮肤的外国人的照片。我茫然地从书架上拿下一本《钢琴初探》，信手打开了。强哥哥见我在翻这本书，点了点头。

"好，好，介华，刚开始看这本书就行，你先拿去看吧，我用不着了。"

我点了点头,向他表示感谢。

这本书的第一章,就是介绍钢琴的:

钢琴是西洋古典音乐中的一种键盘乐器,有"乐器之王"的美称。钢琴由88个琴键(52个白键,36个黑键)和金属弦音板组成。它是由意大利人巴托罗密欧·克里斯多佛利在1709年发明的。当时,钢琴是一种既复杂又昂贵的乐器,只有皇室和贵族才有机会接触到它。钢琴虽然诞生在意大利,但在德国和英国才得以发扬光大。

....

钢琴也被人们称为是用手指控制强弱的键盘乐器。

随着社会的发展,钢琴也有了变化,并在社会上广为流行。其中三角钢琴是社会地位的象征,通常用于正式的独奏演出,而立式钢琴则受到普通家庭的欢迎。

我发现强哥屋里的这架钢琴就是立式钢琴。

在我的要求下，强哥给我弹了一首曲子。只见他的两只手十分灵活地在黑白键盘上左左右右来回地"跑"着，美妙的曲子便流了出来。那是什么曲子？我一点儿也不知道。但我发现在中学时马老师教我弹的风琴，也是要用10个指头按那黑白键盘，两只脚还要踩两个坡形的踏板，踏板通过两条带子连接上面的音箱从而发出声音。而强哥弹的钢琴却不用脚踩踏板，只要用手指一按，那或黑或白的琴键就会发出或高或低的声音来，可是他的两只脚却在下边一踩一踩的。咦？那是在干什么呢？

见我疑惑，强哥站了起来，指着钢琴下边的3个小踏板说："这3个踏板，平时弹可以不用。如果要弹大的曲子，就得用了。"

说着，他指着右边的踏板说："这个叫延音踏板，也叫共鸣踏板，是一个叫布劳马的英国人在1783年发明的。弹的时候，只要用右脚一踩这个踏板，声音就会大一些，也会延长一些，所以有的人也叫它强音踏板。"

说完他又指着中间的踏板。

"这个中间的踏板叫中踏板,也叫延长音踏板。它有两个作用,弹立式钢琴的时候,它起消音的作用;弹三角钢琴的时候,一踩这个板声音就延长了。咱们平时弹钢琴很少用这个踏板。"

小小的一个踏板,却这么有意思,我听得入了迷。

"左边这个踏板叫弱音踏板,被比喻成是演奏的弱音器。只要一踏它,钢琴无论在音量上还是音色上都会变化,更弱了,更美了,表现出一种柔和的音乐美感。来,我给你弹一段听听。"

说着,他重新坐下,停了停,便十分激昂地弹起了一首外国曲子,只见他的两只脚在不停地变换着踩 3 个踏板……

我虽然没有完全听明白,却感觉踩与不踩的声音效果是不一样的。

新认识的强哥哥真是个好哥哥!

星期三上午第三节课是我的钢琴课,按照功课表上注明的方位,我来到后院靠墙角的一间小屋前,轻轻地敲了敲门。

"请进。"

屋里的声音并不大，听得出是位男老师。

开门进屋一看，一位个头不太高的男老师正笑眯眯地等着我。

"先生好！"

"你好。请坐下吧。"

我坐在了先生的旁边。

"我姓杨，你就叫我杨先生吧。"

"杨先生好。"

我站起来向他敬了个礼。

"请坐吧，我从材料上看，知道你叫宗介华，是从北京远郊县来的。作为一个农村孩子，能考到城里来学音乐，很不简单，而且你又选学了理论作曲，就更不简单了。但是，今天上第一堂课，我首先要讲的是学好钢琴与你主修理论作曲之间的关系。应该说，它们的关系是非常密切的。曲子作出来以后，要到键盘上去弹、去听，才能找到好坏的感觉。因此弹好钢琴对于一个作曲者是十分重要的。第二点呢，钢琴要从指法练起。弹钢琴的指法很重要,就跟人走路一样,要一步一步地走,不能蹦着走,也不能两只脚扭着走,只有把步子走顺,才会越走越快。你看——"

说着,他转过身子,把右手放在键盘上。

"比如弹'斗来米发搜拉西斗'(1234567i)这一组音符,前三个音符拇指、二指、中指要连着弹,到第四个音符拇指要从下边挪过去,然后全手放松向后去弹'发搜拉西斗'(4567i);往回弹的时候是五指、四指、中指、二指、拇指弹'斗西拉搜发'(i7654),快慢轻重也要一致,不能忽快忽慢、忽轻忽重……"

我点了点头。

"来,你试试吧。"说着,杨先生向左边一转,我坐在了方木凳子上。这是我有生以来第一次弹钢琴。

作为农村的孩子,我不怵干活,再苦再累也不怕,但面对眼前这个洋乐器,我真有点发怵了。我先用右手手指在键盘上从左往右弹,当弹到"发"(4)的时候,大拇指就有点不听使唤了,甚至有点打哆嗦——这可是从来没有过的事呢。但是，我还是弹了下去，颤颤巍巍的。杨先生在旁边看着，鼓励我继续弹下去。弹了几遍以后，有些熟悉了，杨先生又让我练习用左手弹。说真的，左手更不好练，好像更加不听使唤。练了几遍以后，情况也只是有了些微好转……

杨先生连声鼓励我："不用着急。只要功夫深，铁杵磨成绣花针，要相信自己，会练好的！"

我点点头。

"今天回去以后的作业，就是练指法，越熟练越好。明白了吗？"

我又点了点头。

"下面讲第三个问题：这学期学什么。来，介华你起来一下，给你看一下教材。"

我站起身子，闪到右边去，杨先生从书包里掏出一本大书放在了钢琴架上。我一看，在密密麻麻的五线谱上有一个外国人的头像，书名叫《钢琴初步教程（599）》。

如同看天书，我又迷茫了。

"这本教材是练习钢琴的初级教材，许多学校都在用。接下来还有849、299、740。这本书的作者是车尔尼。车尔尼是奥地利的作曲家、钢琴家，也是个音乐教育家。车尔尼很聪明，很勤奋，是贝多芬最得意的学生。贝多芬免费教他学钢琴，3年来分文不收。后来，车尔尼又免费教他的学生，他最得意的学生就是李斯特。李斯特也是著名的钢琴演奏家、作曲家。车尔尼一生写了大量的钢琴练习曲，有编号的就有78本。除了车尔尼，下一步还要练习作曲家巴赫的作品。巴赫是德国人，出生于音乐世家。但是他的童年很不幸，9岁时他的母亲去世了，10岁时父亲也去世了，只得靠大哥抚养他。巴赫从小喜欢音乐，可专制的哥哥不让他看音乐资料，就算他央求哥哥也不行。只有趁哥哥睡觉或外出的时候，巴赫才能把音乐资料拿出来在月光下偷偷地看，还一笔一画地把曲谱抄下来。半年以后，他的眼睛坏了。晚年他成了一个双目失明的音乐家，直到离开这个世界……"

说着说着，杨先生哽咽了。

"今天第一次上课，我为什么要给你讲这些呢？为的是让你明白：要想成功，就要努力。我们不但要弹车尔尼、巴赫的练习曲，还要学习他们刻苦学习的精神，明白了吗？"

我连连点头，真心感谢这位刚刚见面却倾囊相授的老师——我真是大幸的人，在这里又遇上了一位好老师！

根据功课表的安排，每星期三的上午我去找杨先生上钢琴课，一周其余的时间里要到钢琴室去独自练习七节课，节奏十分紧张。但不管多苦多累，我始终记着杨先生的嘱咐，只有刻苦努力，才能成功！

　　是的，世界著名的作曲家、钢琴家车尔尼和巴赫就是我学习的榜样！

第九章

刘三姐 上歌台
三个秀才斗歌来

我在河北省涿县一中读中学的时候，是学校有名的"小书迷"。偌大的图书馆如同一个琳琅满目的百货商场，令人眼花缭乱，我成了这里的常客。三位图书管理员老师全都认识我。

我读过的书中，最令我入迷的是民间故事。图书馆里有关各省民间故事的书差不多都被我"扫"光了。中国有56个民族，分布在全国各地，不同的风土人情、人文景观以及流传悠久的故事，实在是太有意思了。

比如汉族的孟姜女哭长城；

比如蒙古族的马头琴的传说；

比如侗族的风雨桥搬家；

…………

而让我记忆犹新的是广西壮族刘三姐的故事。由于时间长、流传广，不同的地区有不同的故事版本。

传说在1300年以前的唐代，在罗城与宜州交界的地方有一条河，叫天河，天河旁边有个小山村。村里有个美丽的小姑娘，叫刘三姐，是壮族人。她很小的时候，父母就去世了，只得和哥哥刘二相依为命。兄妹二人以上山打柴、下河捕鱼为生。刘三姐不但勤劳、聪明，是个纺织能手，而且她还擅长唱山歌，远近闻名。

刘三姐唱的山歌与别人的不同，她用山歌唱出了穷人的苦难和对美好生活的向往。所以，许多人都喜欢刘三姐，她成了穷人们的代表。

很快，当地一个叫莫怀仁的恶霸财主知道了这件事。他一看刘三姐非常漂亮，就想娶她为妾。疾恶如仇的刘三姐哪能答应，就用歌声把那个恶财主奚落了一顿。莫怀仁被气坏了，派了3个秀才与刘三姐对歌，说只要刘三姐对不过秀才，就一定要嫁给他……结果，刘三姐的山歌越唱越有劲，而3个秀才被奚落得哑口无言，丑态百出，大败而归。莫怀仁恼羞成怒，花了许多钱买通了当地的官府，要把刘三姐置于死地。为了使刘三姐免遭毒手，乡亲们连夜用竹筏顺流而下，让刘三姐和她哥哥沿着天河直入龙江去往柳州。然后，兄妹俩住进立鱼峰的一个小岩洞里藏了起来。

刘三姐的哥哥刘二是个忠厚老实的捕鱼人,他怕刘三姐来到新地方"再惹是非",就想阻挠她唱歌,可有什么办法呢?思来想去,他终于想出了一个办法。他从河边捡回来一块又圆又厚的鹅卵石扔给妹妹,说道:"三妹,用你的手帕在这块石头中间钻个洞,把手帕穿过去。如果你穿不过去,从今往后就不许再出去唱歌了。"说完把脸一沉,又一本正经地补充,"为兄可是说一不二,绝无戏言!"

刘三姐从地上捡起哥哥扔过来的石头,再看看哥哥铁青的脸,知道哥哥真的生气了。刘三姐托着那块石头暗暗地想道:我又不是神仙,手帕是软布做的,它怎么能从石头中间穿过去呢?

于是她边流眼泪边唱道:"哥发癫,拿块石头给妹穿,软布穿石怎能过?除非凡妹变神仙!"

哥哥听见妹妹的话,说道:"管你是人还是神仙,为兄一言既出,绝不收回!"

谁知道三姐凄切婉转的歌声飞上了天,传到天宫七仙女的耳朵里了。于是,七仙女立刻施展法术,从头上取下一根发簪甩手一扔,向着刘三姐手里的石头射去,不偏不倚,正好把那块圆圆的石头穿了一个洞。三姐见了,赶忙用手帕穿过石头,只听她又唱了起来:

"哎——穿呀穿,

柔能克刚好心欢,

歌似滔滔柳江水,

源远流长永不断!"

哥哥没有办法,只好答应她再唱下去。

从此,刘三姐的歌声又在群众之中响了起来,慕名而来学歌的人也就越来越多了……

不久,刘三姐在柳州的消息又被莫怀仁知道了,他用重金买通官府派众多官兵把立鱼峰团团围住,声称一定要捉住刘三姐。

乡亲们知道了这件事,立刻手握锄头、棍棒纷纷赶来与官府众兵搏斗。三姐不忍心让乡亲们为她流血、惨遭迫害,毅然地从立鱼峰上纵身一跃，跳入了小龙潭里……

就在这时候，突然间狂风大作，飞沙走石，天昏地暗。随着一道红光，一条金色的大鲤鱼从小龙潭里跃出，把三姐驮住，飞上了云霄。刘三姐就这样骑着鱼飞上了天，成了歌仙。而她的山歌也在人们的口中世世代代地传唱……

多么美好的传说呀！在那么多的民间传说中，我记住了刘三姐，刘三姐的歌声也在众人口中传唱，一代又一代。可是，刘三姐，你在哪儿呢？

一天课后，一个同学递给我一张《北京日报》，说上边有《刘三姐》。

我一怔。什么？刘三姐？哪个刘三姐呀？

那个同学补充说："广西柳州歌舞团演的《刘三姐》呀。"

"啊？真的？刘三姐上北京来了？在哪儿呀？"

"我昨天回家，在《北京日报》上看见的。听说特别受欢迎。"

一下子，爱唱歌的刘三姐和她那憨厚朴实的哥哥刘二以及恶霸莫怀仁都浮现在我眼前了。

那是多么遥远而又清晰的一幕幕场景啊!

谁能想到,不久班里传出来一个消息——我们班和音乐1班要合排歌剧《刘三姐》的片段了!

哇!这个消息如同平地一声雷,炸开了我的心。怎么,"刘三姐"要上我们学校来了?

果然是真的!我们从老师口中得知,广西柳州歌舞团演出的《刘三姐》,不但受到北京观众的欢迎,还要走进我们学校的音乐教学之中。

广西柳州歌舞团演出的《刘三姐》全剧很长,而且人物众多,道具、布景也很多,听说我们学校只排了《对歌》那一场。这也是学校老师们教学大胆创新的结果。

排练过程是保密的,参演的同学们每天下午课后就到学校大餐厅的二楼排练,别人不让进。什么时候我才能看到刘三姐呢?

等呀;

第九章 刘三姐 上歌台 三个秀才斗歌来

等呀；

等呀；

等呀；

……

不久，学校又组织我们到门头沟区的戒台寺去劳动。虽然我们仍要从门头沟火车站步行到戒台寺，还要组织宣传队说快板、背着行李追队伍，但都不觉得累了，因为听同学们说，学校将在戒台寺为大家演出《刘三姐》……

消息是真实的。到戒台寺劳动的第二天下午，老师通知我们排队到寺下边的一个小院里去看演出。那个小院并不算大，只有一排平房，住了几个负责组织我们来这里劳动的老师，院子的周围放了许多劳动工具。

我们排成三面围成了"观众席"，另一面为"舞台"。

在大家的掌声中，教声乐的许世铎先生走上前来，先向大家敬了个礼，然后说道："今天，由北京艺术师范学院附属艺术师范学校的同学们为大家表演歌剧《刘三姐》的几个片段，刘三姐的扮演者为声乐专业的廖蜀屏同学，其他配角由不同专业的同学扮演。

"演出现在开始！"

"哗——"现场响起了热烈的掌声。

真没想到，几年前在涿县一中就认识了广西壮族民间故事中的刘三姐，直到今天才亲眼"见"到，真是太难得了呀……

伴随着许世铎先生用手风琴奏出的优美旋律，从大幕后台走出8个身着壮族服装的姑娘，拉开了演出的序幕。就在她们在场上不停地旋转时，舞台上飘来一个美若天仙的姑娘，呀，是刘三姐。刘三姐唱了起来：

"唱山歌来哎，

这边唱来那边和。

山歌好比春江水哎，

不怕滩险湾又多啰湾又多。

多谢了，多谢四方众乡亲，

我今没有好茶饭哪,

只有山歌敬亲人,敬亲人。

唱山歌来哎,

这边唱来那边和。

山歌好比春江水哎,

不怕滩险湾又多啰湾又多。"

随着队形的不断变换,音乐此起彼伏。

这时,刘三姐一抖手中的彩绸,与乡亲们对起歌来。

(众问)"什么水面打跟斗,嘿了了啰?

什么水面起高楼,嘿了了啰?

什么水面撑阳伞?

什么水面共白头?

嘿什么水面撑阳伞?

什么水面共白头哎?"

（三姐答）"嘿——鸭子水面打跟斗，嘿了了啰，

大船水面起高楼，嘿了了啰，

荷叶水面撑阳伞，

鸳鸯水面共白头，

嘿荷叶水面撑阳伞，

鸳鸯水面共白头。"

（众问）"嘿——什么结果抱娘颈，嘿了了啰？

什么结果一条心，嘿了了啰？

什么结果包梳子？

什么结果披鱼鳞哟？

嘿什么结果包梳子？

什么结果披鱼鳞哟？"

（三姐答）"嘿——木瓜结果抱娘颈，嘿了了啰，

香蕉结果一条心，嘿了了啰，

柚子结果包梳子，

菠萝结果披鱼鳞哟,

嘿柚子结果包梳子,

菠萝结果披鱼鳞哟!"

(三姐问)"嘿——什么有嘴不讲话,嘿了了啰?

什么无嘴闹喳喳,嘿了了啰?

什么有脚不走路咧?

什么无脚走千家哎?

嘿什么有脚不走路咧?

什么无脚走千家哎?"

(众答)"菩萨有嘴不讲话,嘿了了啰,

铜锣无嘴闹喳喳,嘿了了啰,

财主有脚不走路咧,

铜钱无脚走千家哎!

嘿财主有脚不走路咧,

铜钱无脚走千家哎!"

（合）"嘿——心想唱歌就唱歌，

心想唱歌——就唱歌来！"

我们热烈地鼓起掌来。

这时，8个姑娘转了几圈后便从舞台右侧退下场去。接下来，伴随着一阵怪诞的手风琴声，从台左侧走出来一瘦、一胖、一矮3个穿着长衫、托着书本的秀才。他们对着刘三姐傲慢地说道：

"我姓陶。"

"我姓李。"

"我姓罗。"

刘三姐指着他们，和他们对唱了起来。

（三姐）"姓陶不见桃结果，姓李不见李花开；

姓罗不见锣鼓响，蠢材也敢对歌来。"

（陶秀才）"赤膊鸡崽你莫恶，你歌哪有我歌多？

不信你往船上看，船头船尾都是歌。"

（三姐）"不懂唱歌你莫来，看你也是一蠢材；
山歌都是心中出，哪有船装水载来？"

（李秀才）"小小黄雀才出窝，谅你山歌有几多？
那天我从桥上过，开口一唱歌成河。"

（三姐）"你歌哪有我歌多，我有十万八千箩；
只因那年涨大水，山歌塞断九条河。"

（罗秀才）"不知羞，井底青蛙想出头；
见过几多天和地，见过几多大水流？"

（三姐）"你住口，我是江心大石头；
见惯几多风和浪，撞破几多大船头！"

（陶秀才）"一个油桶斤十七，连油带桶二斤一；
若是你能猜得中，我把香油送给你。"

（三姐）"你娘养你这样乖，拿个空桶给我猜；
送你回家去装酒，几时想喝几时筛。"

（李秀才）"三百条狗交给你，一少三多四下分；
不要双数要单数，看你怎能分得匀？"

（三姐）"九十九条街上卖，九十九条腊起来；
九十九条看羊羔，剩下三条当奴才！"

（罗秀才）"见你打鱼受奔波，常年四季打赤脚；
不如嫁到莫家去，穿金戴银住楼阁。"

（三姐）"你爱莫家钱财多，穿金戴银住楼阁；
何不劝你亲妹子，嫁到莫家做小婆！"

（陶秀才）"你发狂，开口敢骂读书郎；
惹得圣人生了气，从此天下无文章！"

（三姐）"笑死人，劝你莫进圣人门；
若是碰见孔夫子，留神板子打手心。"

（李秀才）"真粗鲁，皆因不读圣贤书；
不读四书不知礼，劝你先学人之初！"

（三姐）"莫要再提圣贤书，怕你越读越糊涂；
五谷杂粮都不种，饿死你这人之初。"

（罗秀才）"你莫嚣，你是朽木不可雕；
常言万般皆下品，自古唯有读书高。"

（三姐）"笑死人，白面书生假斯文；
问你几月是谷雨，问你几月是春分？"

（三个秀才）"劝你休要惹祸灾，莫家有势又有财；

官家见他让三分；阎王见他要下拜！

你若顺了莫公意，莫公自有好安排；

在家让你日不晒，出门三步有人抬。"

（三姐）"莫夸财主家豪富，财主心肠比蛇毒；

塘边洗手鱼也死，路过青山树也枯。

好笑多，好笑老牛跌下河；

若还老牛泡死了，拿起尖刀慢慢剥！"

3个秀才被气得浑身直哆嗦，从右侧溜下台去……

8个姑娘从左侧快乐地跑来，把刘三姐围了起来。

（众唱）"山歌好嘞，

好似热茶暖透心，

世上千般咱无份，

只有山歌属穷人。"

（三姐）"莫讲穷，

山歌能把海填平，

上天能赶乌云走啊，

下地能催五谷生。"

（合）"山歌能把海填平，

上天能赶乌云走啊，

下地能催五谷生。

下地能催五谷生！"

唱完之后，8个姑娘犹如8片花瓣，把美丽的刘三姐围在中间……舞台上开出一朵美不胜收的花。

"哗——"大家卖劲儿地鼓起掌来！

机智、勇敢、聪明而又美丽的刘三姐留在了人们的心底……

第十章

《红楼梦》代代传
周总理突访「大观园」

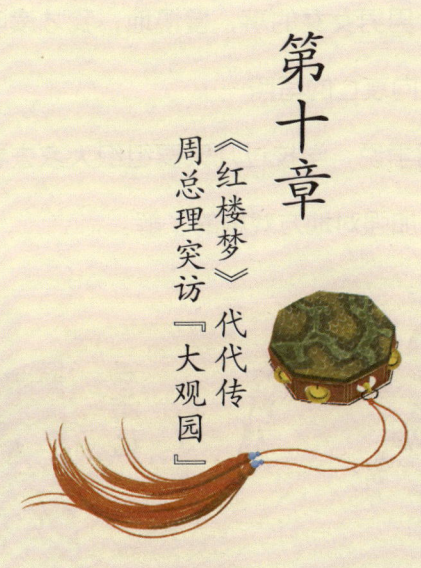

自从上学后,我就经常听老师说:"好孩子要多读好书。"后来长大一些了,我又听老师说:"中国的好书就是'四大名著'。哪四大名著呢?《红楼梦》《三国演义》《水浒传》《西游记》。"于是我就一本一本地找,一本一本地借,一本一本地读。

我首先看的是《红楼梦》,尽管开始时有些读不懂,因为里边写了不少男男女女的事,慢慢地,我才读明白那是封建社会由兴盛走向衰亡的写照⋯⋯

一天,听同学说,学校过几天要组织大家去看越剧电影《红楼梦》,以加强对地方戏剧的了解。

老师告诉我们，越剧是我国戏剧流派里流行于浙江一带的地方剧种。其他的地方戏剧还有许多，比如：

京剧：全国影响力极大的剧种，形成于北京，是近代中国戏曲的代表；

评剧：流行于华北、东北一带的地方戏；

河北梆子：流行于北京、河北一带的地方戏；

晋剧：流行于山西、陕西一带的地方戏；

昆曲：又称昆腔，是一种古老的戏曲剧种，发源于江苏昆山一带；

高腔：起源于江西弋阳，唱腔高亢；

秦腔：陕西省地方戏，也叫"陕西梆子"；

豫剧：又叫"河南梆子"，起源于河南省；

吕剧：山东省地方戏；

淮剧：江苏省地方戏；

沪剧：流行于上海一带的地方戏；

黄梅戏：起源于安徽的戏曲剧种；

莆仙戏：福建省地方戏；

第十章 《红楼梦》代代传 周总理突访"大观园"

汉剧：流行于湖北、河南、陕西等地的戏曲剧种；

湘剧：湖南省的地方戏曲剧种，流行于长沙、湘潭一带；

湖南花鼓戏：湖南各种花鼓、花灯戏的总称。包括长沙花鼓、岳阳花鼓、常德花鼓、衡阳花鼓、邵阳花鼓等；

粤剧：流行于广东、香港、东南亚等粤语语言地区的地方剧种；

桂剧：流行于广西东北部及湖南南部地区的地方剧种；

川剧：四川省的地方剧种；

黔剧：流行于贵州省的地方剧种；

傣剧：流行于云南省傣族地区的剧种；

藏剧：流行于西藏、青海等藏族聚居地区的剧种；

皮影戏：流行于河南、山西、陕西等地的剧种；

吉剧：流行于吉林省的戏曲剧种，由东北二人转发展而来；

…………

看过了长篇小说《红楼梦》，而今又去看上海海燕电影制片厂拍的电影版《红楼梦》，我对这部传世名著的理解能更加深刻了。

童年丧母的林黛玉，投奔到外祖母家贾府居住。漂亮、聪慧的林黛玉与不同凡俗的表哥贾宝玉一见如故。不料第二年同样来了个出身名门的薛宝钗，于是，三人之间便产生了意想不到的感情纠葛，最终林黛玉含恨而死，贾宝玉看破红尘剃度出家，只剩薛宝钗孤身一人独守空房……

这是人生的悲剧；

这是家庭的悲剧；

这是感情的悲剧；

这是社会的悲剧。

猛地，我的眼前一亮，王文娟、徐玉兰，这两个名字跳到了我的眼前……

一个星期日上晚自习时，我们班的栾娜莉同学向大家说了一个"爆炸性"的新闻："昨天下午我看见周总理带着上海越剧团的演员上咱们学校来了。"

啊！真的？大家立刻围拢过来，请她详细地给大家讲讲。因为国家的总理平时日理万机，竟带着戏曲演员到我们学校来，这无论如何也不是一件平常的事啊！

栾娜莉站起身子，乐呵呵地给大家讲了起来——

昨天下午，我在大餐厅吃完了饭，就上音乐楼二楼的钢琴房弹琴。弹累了，我打开窗户，趴在窗户边往外望，那儿能看见学校大门。忽然我注意到来了两个警察站在校门口，不一会儿，开进来一辆黑色的小轿车，接着，又开进来两辆大汽车，都停在学校院子里。从小轿车上下来一个人，猛地一看，我觉得那个人怎么长得那么像周总理呀。咦？是周总理！可周总理怎么上我们学校来了呢？为了解开这个谜，我立刻锁上琴房。下楼一看，周总理正在咱们音乐楼和美术楼中间的走道那儿站着呢，我赶忙走过去，说了声："周总理好！"

周总理向我点了点头，微笑着说："你好啊。你是这个学校的吗？"

我赶忙回答："是。"

周总理问我:"你叫什么名字呀?"

我说:"我叫栾娜莉。"

周总理又问我:"你是学什么专业的呀?"

我说:"我是学大提琴的。"

周总理说:"噢,不错嘛。你看过《红楼梦》这本书吗?"

我说:"我看过小人书。"

这时候,旁边两辆汽车里的人也都下来了,有几个人向我们这边走了过来。周总理指着走在前边的两个长相漂亮的女人说:"她们是越剧团的,刚从朝鲜回来。这位是王文娟,演《红楼梦》中的林黛玉;这位是徐玉兰,演贾宝玉。"

一边说话,我一边带着周总理他们往学校里边走。走到演奏厅前,周总理问我:"这里边是干什么的呀?"

我说:"这是我们举行期末考试和演出的礼堂,叫演奏厅。"

接着,我又领着他们向右边走,进了咱们教室这个小院。我指着咱们教室对周总理说:"总理,这就是我们上文化课的教室。"

周总理笑着点了点头。我们继续往后院的时候,围过来看的人越来越多了。院部办公室一个叫邢继虎的老师迎过来了,院党委的卢梦书记他们也来了,我就赶紧走了。

后来我才知道,原来,周总理他们来事先并没有跟学校打招呼,所以我就意外地成了接待人了。

"哗——"大家为她鼓起掌来。这时候,坐在前边的黄俊兰补充说道:"周总理他们来,我也看见了,栾娜莉说她看过《红楼梦》的小人书。"

"哈哈——"大家笑了。

一天中午,我碰到院部的那位强哥哥,他说他也知道周总理到我们学校来的事,还拿出报纸上的一篇文章让我看。看着看着,我才解开了周总理带着越剧团到我们学校来参观的谜底,原来他们是来寻找"大观园"的呀!

虽然从第一次来到这里考试起,我就觉得这里不一般,但哪里不一般却说不出个所以然。我本以为北京城里这样的院子一定是很多的,而今看来,我们上学的恭王府竟是大观园和原型之一，与《红楼梦》有密切的渊源……

乖乖，踏破铁鞋无觅处，得来全不费功夫！

恭王府位于北京市西城区什刹海南岸，是清代规模最大的一座王府，占地约6万平方米。前半部分是官邸，后半部分是花园，前后共有30多处建筑群落，十分气派，被大家称为北京"城中第一佳山水"。

恭王府的第一个主人就是和珅。他是中国历史上有名的大贪官。他很聪明，懂得满、汉、蒙、藏4种语言，很被清朝乾隆皇帝赏识，他的大儿子还娶了公主成为额驸。和珅在官场之路上飞黄腾达，先后担任了正蓝旗满洲副都统、军机大臣、国史馆副总裁、步军统领等多种重要职务，这自然也为他贪污受贿打开了方便之门，恭王府就是他为自己修的"和第"。后来乾隆去世，清仁宗嘉庆皇帝下旨对和珅进行抄家，他贪污的财物可值8至11亿两白银，加上黄金和其他古玩、珍宝，价值超过了当时清政府15年财政收入的总和。为此，嘉庆帝赐和珅自尽，和珅死的时候年约49岁。

没想到我学音乐的恭王府，竟有这么多有趣的故事哩！

第十一章

听评剧 学评剧 《苦菜花》里泪水滴

农村是民间文化的海洋，也是戏剧的海洋。从上小学起就一直生活在北方农村的我，深深地被农村的戏剧所吸引，而评剧就是我最喜爱的戏剧之一。

评剧，流行于我国北方农村，是汉族传统戏曲剧种之一，也是广大群众特别喜欢的一个剧种。有人说，评剧是中国第二大剧种。

我刚上小学的时候，村里的东大庙搭了戏台，冬天农闲时的农民就排戏让大家看，什么《小女婿》（讲男孩过早结婚）、《刘巧儿》（宣传男女婚姻自主）等等，都是农民们特别喜欢看的。

到北京来学音乐以后，欣赏课上老师讲述了评剧的由来，后来还组织我们去看评剧演出。

为了学习观摩，一天晚上，学校组织我们徒步到北京评剧院去看评剧《金沙江畔》。这部剧给我留下了很深的印象。

剧中故事发生在1936年，红军长征来到了金沙江畔的藏族地区，国民党联合当地大土匪仇万里，企图阻挡红军渡江北上，还挑拨土司（即当地少数民族的头目）和红军的关系，把土司的女儿珠玛劫走。红军救出了珠玛,并且来到藏区边界。而仇万里不断造谣,说珠玛已经被红军杀了,鼓动土司与红军结仇。红军为了揭穿仇万里的阴谋,主动派人送珠玛回家,不料陪送的战士却被敌人杀害了。危急时刻,红军方的代表金明冒险上山与土司谈判,却成为人质。在仇万里的唆使下,土司决定杀死作为人质的金明,正在这时珠玛带着红军赶到,向土司揭露了敌人的阴谋。仇万里慌忙逃窜,淹死在金沙江里。红军打通了道路,继续北上长征……《金沙

江畔》故事曲折,人物关系复杂,树立了红军爱护藏族民众、英勇打击敌人、坚持北上的英雄形象……

看完戏,虽然从剧院走回学校至少要一个多小时,但大家说说笑笑的,兴趣盎然。

忽然,音乐1班的一个女同学哼起了《金沙江畔》里的一段唱词《小酸枣》,原来她都背下来了:

"烈日高悬万重山,

口干舌燥心似油煎,

同志们到处找不到一滴水,

我怎么能想个办法给他们解愁烦?

哎,同志们,

同志们你们快来呀!

听我把故事讲,

听我把唐僧取经啊,

路过火焰山,

火焰山高有万丈,

山周围八百里烟火冲天,

在天上找不到云一片,

在地上找不到半点清泉,

……"

这时有个女同学追了上来,对我们几个悄声说:"哎,你们听说了吗?"

"什么呀?神神秘秘的。"

"昨天我听老师说的,理论作曲专业和我们声乐专业下学期要开评剧课了。"

我们一惊:"哎?真的假的?"

"谁还能骗你们不成?你们知道谁教吗?"

我们都摇了摇头。

"你们猜呀,让你们猜10个人,如果猜对了,就算我输!怎么样?"

大家七嘴八舌地猜了十几个人的名字,可她一直在摇头。

"甭猜了,估计你们再猜一会儿也猜不着。告诉你们吧,下学期教我们唱评剧的先生是……是……是……"

她在卖关子。

"小白玉霜!"

"啊?"

"不可能,不可能。"

"那么大的名角儿,咱们学校可请不起。"

"再说,人家还要到处演出呢!"

旁边的几个人谁也不信。只有我没说话,因为我不知道小白玉霜是谁。《百家姓》上有"小"这个姓吗?似乎没有。

我暗暗地思忖着。

"告诉你们吧,这是真的,昨天上声乐课的时候,我亲耳听见张先生说的。"

"哎呀!要真是小白玉霜教,那就太棒了。"

"我真感觉有点儿玄。"

"我也是。"

"玄!"

"玄不玄的,那就等着瞧吧!"

说完大家全笑了。

第二学期一开学,大家全都相信了,因为在功课表上,清清楚楚地写着——

理论作曲专业、声乐专业每星期四上午第二、三节课为评剧课,授课人:小白玉霜。

为了弄清楚小白玉霜这个神秘先生的"底细",我决定去找院部的强哥哥,他那里应该有一些关于小白玉霜先生的个人资料。因为在两年以前,她也教过他们的评剧课。

"小白玉霜,原名李再雯,小名福子,祖籍山东。5岁随父母从天津逃荒到北京,由于家穷,父母养不起她,就把她卖给了著名评剧演员白玉霜。由于自己忙于演出,白玉霜就请了天津有名的评剧彩旦(评剧里的一种行当,表演丑婆子)李文质做李再雯的启蒙老师。李文质是个板、字、气、腔都很有功夫的人,加上李再雯聪明好学,她打下了很好的评剧基础。后来,李再雯又得到了养母的栽培,与她同台演出,进步越来越大。16岁那年,李再雯就接了养母的班,挂出了'筱白玉霜'的牌子。因为音色纯正，音域宽广，她成为评剧界一颗冉冉升起的新星，她的代表作《秦香莲》吸收了京剧、梆子等兄弟剧种的长处，丰富了评剧的表演。"

……………

看了小白玉霜的介绍，我不禁对她肃然起敬。我预感，我人生中遇到的又一位好老师即将向我走来了……

星期四上午第一节语文课后，我们理论作曲与声乐专业的8个同学相继来到了演奏厅左边的那间大教室——对这间教室，我是熟悉的。两年前的暑假，我只身一人从老家坐汽车来到这里参加考试，文化课考试在东边大院的一间教室里，而第二天的面试就是在这里进行的。进得门来，当时面试的场景不由得又历历在目了。

"8号、8号。"一位女老师开门向外喊道。

"到。"

我赶忙走了进去。

屋里比较宽敞，左边有几位老师坐在一排课桌后边，他们都在注视着我。

在那位女老师的引领下,我走到前边的一架大琴跟前。

"你叫什么名字呀?"

"我叫宗介华。"

"你能给我们唱支歌吗?"

"可以。"

"你准备唱什么歌?"

"我唱《歌唱二小放牛郎》吧。"

"好吧。"说完她往后退了几步,但仍看着我。

我稳了稳情绪,便大声唱了起来:

"牛儿还在山坡吃草,

放牛的却不知哪儿去了。

不是他贪玩耍丢了牛,

那放牛的孩子王二小。

……"

我刚要唱第二段歌词,女老师向我摆摆手:"好了好了。唱一段就可以了。你会弹钢琴吗?"

"我不会。我会弹风琴。"

"那好,你弹风琴吧。"说着,她指了指钢琴旁边的一架风琴。

我坐在了风琴前。

"你准备弹什么曲子呀?"

"《歌唱二小放牛郎》。"

"好吧。"她站在了我的右边。

按照平时练的,我伸出两只手,用脚踩住踏板,慢慢地弹了起来。

当我弹了一段曲子之后,她指着我右手的第四指问道:"你这个手指甲盖……怎么成这样了?"

"小时候淘气,让铁锹把儿砸的,指甲盖掉了,后来就长成这样了,人家说叫牛儿指甲。"

"你这根手指能弯曲吗?"说着她拿起了我的右手察看。

"可以的。"说着,我用4根手指头做了几个弯曲的动作,她笑了。

……………

我们走进教室时,见校长正陪着一个眉眼秀美的女人在说着什么。见我们进来,校长赶紧向我们介绍:"同学们,这位就是教你们评剧课的李再雯先生。"

我们赶快向李先生问好,她和我们一一握了手。原来,这位就是在评剧《金沙江畔》里扮演女红军金秀、大名鼎鼎的小白玉霜呀!

"同学们坐下吧。"

李先生说话了。她的声音很柔和,又亲切,完全没有名人的架子。

"这个学期我教大家唱我们团演的《苦菜花》中妈妈到监狱去看女儿嫚子的唱段。这段唱词表达了妈妈对地主的憎恨,也体现了母女之间的真情。同学们是学音乐的,但不管你是学声乐的,还是学理论作曲的,都要广泛吸收民族传统艺术的精华,而评剧也是我们中华民族的传统瑰宝之一,因此，希望大家一定要好好学。"

顿了顿，喝了口水，李先生接着说道："今天第一堂课，我就要向同学们讲清楚，学戏剧与学唱歌不一样。每种戏剧都有它的特点，唱起来要有气口，要有棱角，听起来才有味儿。所以学戏都是口授，一字一句地教，而不像唱歌那样，一边唱谱子一边唱词，那是歌，不是戏。为了让大家感受一下评剧的味儿，请大家跟我一块儿拍手，不要快也不要慢，随着我的节奏来。大家听明白了吗？"

我们赶忙点点头。

"好。"说着，她伸出双手，慢慢地边拍边唱。

"我的嫚子，咽喉哽哽，

叫了一声娘，

鲜血淋淋，湿透衣裳，

伤在儿身，疼在娘心上。

好孩子，娘并非不救你，

你……你莫怪娘狠心肠。

可怜你出生在苦年月，

从没有过过一天好时光，

吃糠咽菜，衣不遮体，

草里爬，地里滚，

从未有离开过娘。

你还记得，娘抱着你，

把你的大爷哥嫂埋葬，

当天又送你的爹爹逃往他乡。

你可知道为什么这样的惨状？

这都是地主害得咱们家破人亡。

……"

  李先生的尾音拖得很长，她的两腮早已挂满了泪水，而我们也一个个泪眼婆娑，有的女同学已泣不成声了。

  有这样棒的老师教，难道还有学不好的知识吗？

第十二章
图书馆 报刊多
我为蕉萍谱新歌

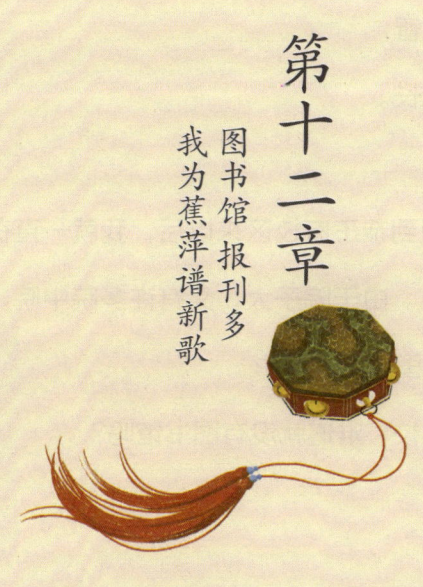

我从小与书有缘，不管到了哪里，只要看见书就走不动了；不管到了哪所学校，只要见了图书馆就非得进去看书不可。

看书使我快乐；

看书使我眼亮；

看书使我明智；

看书使我成长。

自从我们搬到恭王府校区来以后，我就一直在寻找学校的图书馆在哪儿。由于院子大，又有许多院中院，我转了好几圈，却也不见图书馆的踪影。

这么大的学校，难道就没有图书馆吗？

不可能！

不可能！

于是，我又悄悄地找了几次，仍然没有看见图书馆。无奈，我只好跑去问院部的强哥哥。

他一听，立刻嘻嘻地笑了。

"这么大的学校怎么可能没有图书馆呢？告诉你吧，先去找演奏厅，知道吧？"

我点了点头。

"从演奏厅往左走，有个小圆门，穿过去进入另一个大院子，你就能看见一个坐北朝南的大厅，大小跟演奏厅差不多，那门上挂了块大匾，上边写着'天香亭院'四个大字，那儿就是图书馆。"

啊？天香亭院竟然是图书馆？

按照强哥哥的指引，我找到了天香亭院前边的院子。这里可谓别有洞天。门前有盆大山影（即假山石），灰色的石头参差不齐，石间长着绿苔，而从"山顶"上流下来的"山泉"把绿苔滋润得更加鲜活，显示出一种充满朝气的美。

院子再往前边种了一排郁郁葱葱的竹子，虽不算粗，却十分挺拔，透出一种生机。

望着这"山"，这竹，我更加期盼走进那神秘的天香亭院里,去了解那里藏有怎样的"书香"了。

这个"院"确实不小,黑压压地坐满了人,但悄无声息。与其他图书馆格局差不多,三分之二的地方用于报刊阅览,另三分之一为图书借阅。

见到这么多报刊,见到这么多图书,我高兴极了。于是,我成了这里的常客,只要一有时间,我就往图书馆跑,或看报刊,或去借书,似乎那里才是我最快乐的地方。

图书馆里的管理人员年纪都比较大,不论男女,他们说话都彬彬有礼。不管你向他们提出什么问题,他们都对答如流,好像那些书就在他们的心里一样。

一次,我看到有个女老师正在书架上摆书。她看上去有五十来岁了,戴着眼镜,脸上有了皱纹。

我向她问道:"先生,问您一下,我想看一本描写农村生活的长篇小说,您这有吗?"

"描写农村的长篇小说可以看《创业史》,还有5本,作者是陕西作家柳青。社会上对这本书的反响很好,说它是新中国成立以来最有影响的书之一。你想借吗?"

"想。"

"好吧。一会儿到服务台去办个手续吧。"

我向她点点头,说道:"谢谢先生。"

她对我笑了笑,说道:"不用客气。我们都喜欢爱看书的学生。不是有人说吗?'书中自有黄金屋。'一个人要想有大的成就,一个是得拼搏不要偷懒,另一个就是要多看书,这两者缺一不可。"

我点了点头。

她看了看我,问道:"你是附中的吧?学什么的?"

"附中音三2班的,明年就毕业了。"(1961年暑假开学的时候,学校通知院部改为北京艺术学院,我们就改为北京艺术学院附中,没有师范两个字了。)

"好好学吧,想看什么书就来借。"

我又点了点头,向她表示了谢意。

不到一个星期,我就读完了《创业史》这本书。果然很有意思,作家把农村走合作化道路的三种人写得非常精彩。

下一个星期我去还书,提出又想借本音乐家传记。一个老师立刻对我说:"那你读《贝多芬传》这本书吧,他的《C小调第五交响曲》——《命运交响曲》是世界音乐中的经典。"

有一次,我问一个老师:"先生,咱们这里有童话书吗?"

那个男老师奇怪地看看我:"都这么大了你还看小孩儿书啊。童话书咱们这儿没有。不过有一套书叫《安徒生童话》,是中国少年儿童出版社前几年出的,你可以到北京图书馆去借。前几年我看过,挺好的。"

"谢谢先生!"

我感激地向他点了点头。

到图书馆去,我最爱看的还是报刊,因为它们更新快,里边的故事又多又新鲜。

报刊架上,琳琅满目:

《人民日报》;

《北京日报》;

《黑龙江日报》;

《浙江日报》;

《天津日报》；

《广东日报》；

《福建日报》；

《湖北日报》；

《吉林日报》；

《山西日报》；

《陕西日报》；

《河北日报》；

《河南日报》；

《文艺报》；

《工人日报》；

⋯⋯

阅览桌是两面相对的，中间有个坡度，读者相向而坐，桌子上摆满了大大小小不同开本的杂志：

《北京文艺》；

《辽宁文艺》；

《陕西文艺》；

《湖南文学》；

《人民文学》；

《民间文学》；

……

一天下午，我又去了图书馆，在阅览桌上翻了翻，发现好多是以前看过的，就转到旁边的一张桌子上随手拿来一本《陕西文艺》，一看是新的刊期，便坐下翻了起来。

我的阅读习惯是先看目录，后找文章，文章好看就看下去，不好看就放下再拿另外一本。

看着；

看着；

看着；

看着；

……

忽然，我发现在这本《陕西文艺》的"总路线诗传单"专栏里，有一首诗叫《唱支山歌给党听》。我一怔，随后立刻翻到这首诗所在的页码，顿时，一行行亲切感人、火辣辣的文字展现在我的面前。我一口气读了下去：

"唱支山歌给党听

蕉萍

唱支山歌给党听，

我把党来比母亲；

母亲只生了我的身，

党的光辉照我心。

旧社会鞭子抽我身，

母亲只会泪淋淋；

共产党号召我闹革命，

夺过鞭子揍敌人。

第十二章 图书馆 报刊多 我为蕉萍谱新歌

共产党号召我闹革命，

夺过鞭子，夺过鞭子揍敌人！

唱支山歌给党听，

我把党来比母亲；

母亲只生了我的身，

党的光辉照我心。

党的光辉照我心！"

当我含着热泪把这首诗抄在我的小本子上的时候，我心里是激动的、翻腾的，直到往回走到大餐厅吃晚饭时，我的心情仍不能平静……

童年在北平天桥流浪的件件往事，不由得一幕幕地浮现在眼前：

那时的我，虽然已经6岁，却天天往天桥跑，听老艺人们说书，看变戏法。

那时的我，虽然已经7岁，却跟着妈妈和弟弟推着小破车，到天坛里的白菜地去捡白菜帮。

那时的我，虽然已经8岁，却在寒冬腊月领着4岁的弟弟到先农坛东北角的大门排队去打一碗粥。

那时的我，已经9岁，跟着乡亲们排着队到天坛西门外欢迎解放军解放北京城。

……

生活百态，天壤之别，只有迎来了共产党，才使我这个穷孩子一步步走向了光明。

而今，我学起了音乐，也学会了唱歌，那么，我也该给党唱支歌呀。

对，唱支歌儿给党听！

回到宿舍，我找来纸，打开小本子，再次把蕉萍写的诗看了几遍。渐渐地，一个个或长或短、或高或低、或连续或停顿、或加重或切分的音符留在了纸上……

唱支山歌给党听，

我把党来比母亲；

母亲只生了我的身,

党的光辉照我心。

旧社会鞭子抽我身,

母亲只会泪淋淋;

共产党号召我闹革命,

夺过鞭子揍敌人。

……………

不知什么时候,泪水早已挂满了两腮,我是用泪水把这首曲谱写出来的呀!

在期末作曲汇报会上,我请一个学声乐的女同学演唱了这首歌。至今,这首歌的旋律仍留在我的心底……

后来,我才知道,这首诗的作者其实署的是笔名,他真名叫姚筱舟,曾经参加过抗美援朝战争。回国后在陕西省铜川矿务局当了一个技术员。不久,他用"蕉萍"这个笔名写

第十二章 图书馆报刊多 我为蕉萍谱新歌

> (轻欢快)
> 6 6 3 | 2 6 5 | 3 1 | 1 2 3 | 1 6 6 | 1 2 3 5 |
> 唱支 山歌 给党 听， 我把党来
> 6 3 2 | 5 — | 5 — | 3 3 0 | 2 3 | 1 2 1 |
> 比母亲， 母亲 只生了 我的
> (突然激动)
> 6 — | 1 2 3 6 | 5 — | 5 — | 6 — | 3 2 1 |
> 身， 党的光辉 照 我
> 5 — | 5 — | 5 — | 5 — ‖
> 心！

下了这首诗《唱支山歌给党听》，发表在《陕西文艺》上。雷锋在读《陕西文艺》的时候，偶然看到了这首诗，被诗里的真情打动，就把这首诗抄在了本子上。有人误以为这首诗是雷锋写的，其实不是。

有人说："没有共产党就没有新中国。"而我要说："没有共产党就没有我的今天！"

第十三章

想童年 盼日出
偷偷写起『小茅屋』

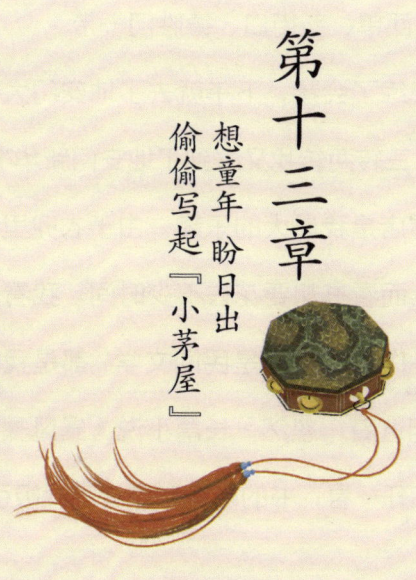

那是一个星期日,城里的同学大都回家了,我们几个家住郊区农村的学生有的去找同学玩,有的去串亲戚,也有的上琴房练琴,我去干什么呢?

说实在话,这两年的闲暇时光,我已经把附近的街道逛了个遍,无论是府学胡同周边的王府井大街、隆福寺,还是交道口一带,早已去过好多回了。后来学校搬到西城区的恭王府,我又经常去西单、新街口、德胜门一带。

这天上午,我练了会琴,下午就去了地安门大街。由于没有固定的目标,三转两转我又来到了地安门新华书店。

那时候,逛书店是我最大的乐趣。由于衣兜里钱少,买书的次数并不多,而看书却要花去不少时间。我看书重点是看文学类,无论是作家文学还是民间文学,都是我的首选。

我在书店里闲逛着,忽然,长篇小说《暴风骤雨》扑到了我的眼前。我打开一看,书的内容和作者简介吸引了我。

内容简介:

小说描写了东北地区一个名叫元茂屯的村子从1946年

到 1947 年土地改革的全过程。在新型农民赵玉林、郭全海的领导下，村民"三斗韩老六"，取得了土地改革的胜利。之后他们又带头加入了人民解放军，南下作战。

小说的作者周立波，经过采访、调查并深入生活，熟悉并了解了土改过程，最后才写出这部沉甸甸的巨著。

《暴风骤雨》运用古典小说创作人物的方法，通过人物的语言和行动，选取典型事件，运用简练的心理描写，三种手法水乳交融地结合在一起刻画人物，是这部作品艺术上的一个显著特点。

作者简介：

周立波，原名周绍仪，字凤翔，笔名周立波，1908 年出生，湖南益阳人。1928 年开始文学创作，1937 年全面抗日战争爆发后，周立波写了大量的散文和报告文学。1947 年 10 月至 1948 年，他先后完成了长篇小说《暴风骤雨》上下卷的创作。

本书于 1948 年至 1949 年由东北书店正式出版。

1951 年，《暴风骤雨》获斯大林文学奖三等奖。

看着看着，我入迷了，因为小说写的是东北农村的事，而我对农村十分喜欢和熟悉。于是，第二天下午，我立刻到天香亭院图书馆去借《暴风骤雨》。图书馆老师乐呵呵地说："你来得正好，很多人都说喜欢这本书，一眨眼的工夫就会被别人借走。"

看啊；

看啊；

看啊；

看啊。

一周以后，我看完了《暴风骤雨》，对东北的土地改革也有了更加深入的了解。突然，我的脑海中冒出这么一个想法：

我能不能也写一本书呢？

顿时，我的脑袋膨胀了好几圈儿！

写书？像作家周立波那样，写本《暴风骤雨》？我来到北京读书后才第一次知道周立波,知道他是写了厚厚一部"大书"的人。

  我对他充满了崇拜;
  我对他充满了向往;
  我对他充满了尊重;
  我对他充满了敬意。

  可是,他写的是农村土地改革的事。对那些事我并没有亲身经历,也不算很了解。我对农村的情感只是一个孩子对于农村最原始的依恋和喜欢,更多的还是自己的体验。
  那么,我的书要写什么内容呢?
  是写"要发家,种棉花"吗?那可是我在上小学的时候,到各村为农民表演的节目啊!
  是写到地里放猪,见"大老黑"撅着屁股正在卖劲地拱土,我跑过去一脚把它踢开,往里一挖,原来地里有一块大白薯吗?

是写到地里捡老玉米，忽然看见一只仓鼠，可一追，它钻进了地边的一个洞里，于是我就挖呀挖，直到挖到了它的窝，从里边的"粮仓"挖出了一大堆粮食，可后来把仓鼠带回家，却又让它逃跑了的故事吗？

是写干活累了，我们几个好伙伴就到北大河去游泳，忽然看见一只小刺猬，淘气的大山用脚把它踢进了河里，可是小刺猬却一纵一纵地游走了吗？

…………

好像可以写的内容还是很多的。因为从小在农村长大，我就如同那只刺猬，一直在农村的漩涡里打转，不管写什么都可以是亲切的、感人的、难忘的、有趣的，可是……

这感觉就如同吃东西，东西太多了却不知该从哪儿下嘴，好像吃什么都新鲜，吃什么都很美味似的。

想啊；

想啊；

想啊；

想啊；

…………

忽然，我又想起了小时候曾在河北涿具（现改为涿州）大姨家住的日子，心不由得又收紧了：

就写爸爸在地里帮大姨家刨花生，妈妈在地里摘花生，而我就在地头上哭，从上午哭到中午大人们歇歇儿，后来大家就给我起了个绰号，叫"老宗家的哭神"。

就写因为哭得满头大汗，后来我嘴里起了白口糊（土语，即口疮），吃不了东西。家里没钱买药，妈妈就按照一个偏方，半夜子时（即夜里12点前后）独身一人摸黑走到村东，用带来的刀子刮掉路边一棵杨树的硬皮，用嘴去啃里边的嫩皮，边嚼边往回走，不许回头，见了别人也不能说话。走到家后，把我叫醒，在我咧嘴哭的时候，妈妈就把嚼了满嘴的杨树皮的苦沫子喷到我的嘴里去。连喷7个晚上……兴许是杨树皮苦味的刺激，果然我嘴里的白口糊好了许多。

猛地，我不由得眼前一亮——要写就从"根"上写，才

第十三章 想童年 盼日出 偷偷写起"小茅屋"

有头有尾，显得顺当，看着扎实。可书的名字叫什么呢？看人家大作家柳青，把农民走合作化道路的故事写成了《创业史》，看那书名，多大气，多磅礴！看人家大作家周立波，把农民团结起来与剥削他们的地主进行斗争的过程写成了书，书名叫《暴风骤雨》，看那气势，多振奋，多鼓舞！再比如，被人们誉为"神童"的北京乡土作家刘绍棠，在读高中一年级时发表的小说《青枝绿叶》，被叶圣陶先生编入高中二年级《语文》课本，看那小说的名字，多水灵，多鲜活！

慢慢地，我把想写还没写，却先拟好的书名列了出来：

《野菊花》；

《童年的泪》；

《苦根娃》；

《妈妈，我想您》；

《谁是恩人？》；

…………

接着，第一篇该写什么呢？

于是，我又陷入了沉思。

想啊；

想啊；

想啊；

想啊；

……………

忽地，一个标题跳了出来——《小茅屋的炊烟》。

哇，太美了！太美了！

我高兴得真要跳起来了。

于是，除了上课，除了练琴，除了开会，除了我必须参加的活动，只要是自由时间，我都"不自由"了，强迫自己躲到图书馆的一角，开始写我的第一篇"小说"。那文是写在稿纸上的。记得那天是星期日，我到西单商场去买墨水，顺便问了售货员："阿姨，我想写稿，应该买什么纸啊？"

"写稿？你写什么稿啊？"

"我想写……书啊，写我小时候的生活。"

"哦，你还想写书啊？那可太棒了。那就在这种纸上写。"说着，她从货架上拿下来一本带格子的纸。我一下愣了，还真是头一次见到这样的纸，不但横着有小格，竖着也有小格，在最后一行格子下边，还写着"20 乘以 20 等于 400"，这是什么意思呀？

售货员见我看着纸发愣，便笑着告诉我："这种稿纸是每页 400 字的，你看这不是写着吗？横着数一行 20 个字，竖着数一共 20 行，20×20=400 个字。"

"噢。"我恍然大悟了。

就是说，把稿子写在这种纸上，每一页纸有 400 个字，最后数数写了多少页，就知道一共写了多少字了。

于是，我买了两本稿纸，当天就在图书馆写了起来。

小茅屋的炊烟

一

从记事起，我就和爸爸、妈妈住在这间小屋里。屋子虽然不大，虽然在村边，但它却是我们的家。

二

听妈妈说,我们的老家在离这三十里地的地方。那么,我们为什么到这里来了呢?说来话长,妈妈的脸色阴沉了下来,我猜想,这里边一定有许多让人心酸的缘由吧……

三

我们的老家在燕山脚下,由于生活贫困,结婚不久后爸爸就带着妈妈到北平去谋生。由于爸爸只念了三年私塾,而妈妈连一个字也不认识,家里只得靠爸爸卖旧衣服和旧家具以及卖萝卜谋生。当时日寇正在中国烧杀抢掠,爸爸妈妈搬到南苑,经人介绍,爸爸在南苑机场给日本兵的大洋马割草,论斤给钱。不久,我在南苑出生了。虽然爸爸拼命地割草,挣的钱却养不了三张嘴。后来,我们全家就搬到河北省涿县以西二十里地的两合村,也就是我大姨家,帮她家干活去了。

四

刚到大姨家的时候,我们暂住在她家的一间小东屋里,但大姨家人口多,住着也不方便,后来我们就又搬到附近的一个邻居家。

可时间不长,邻居家要用房,我们又只得搬家。可往哪儿搬呢?爸爸妈妈急得团团转。

后来,有人提出大伙儿帮忙给我家在村边有空地的地方盖间小房屋,连树上的鸟儿都要有个窝哩,何况这三口子大活人呢!

盖房那天,除了大姨从家里扛来了几根木料、几捆玉米秸,其他乡亲们也来了,有的扛镐,有的拿锹,有的推来了石头,有的背来了稻草帘子。

不一会儿,有人把玉米秸竖起来了,里外抹上了泥;

不一会儿,房顶钉上了木条,铺上了稻草帘子,很快又抹上了泥……

小房子起来了,会瓦匠活能搭炕的人又到屋里去搭炕了。

因为知道我家穷,干活的人连饭都不在我家吃。无论是玉米秸,还是高粱秸、稻草帘子,都是大伙儿送来的"心意",分文不收。爸爸妈妈感动得直掉眼泪……

五

要搬家了,乡亲们又开始忙了,有的送锅,有的送碗、筷子,有的送小桌子,有的送铲子,还有的背来了冬天烧炕用的木柴、盛水的小水缸。

…………

虽说好些东西都是旧的,或家里一时用不上的,但无论东西多少、大小、贵贱,都是大家的一份心呀!

六

村边的小茅屋成了我们的新家。

这里很安静,没有其他声音打扰;

这里很美丽,房前屋后的花草五彩缤纷;

这里很自由,蚂蚱、蛐蛐蹦来蹦去;

这里物产丰富,雨后从地里冒出来的蘑菇十分诱人;

…………

那一个个或红或绿、或黄或黑、或高或低、或动或静的画面至今仍刻在我的心里。每当思忖起来,我心里都如同注

了蜜,甜甜的……

尤其是清晨的来临,小茅屋别有一番景象。

每当爸爸到大姨家去帮忙干活的早晨,我就在小茅屋的前前后后尽情地奔跑、尽情地跳跃。当我看见小茅屋的屋顶飘起缕缕炊烟时,心里是那么高兴,啊,妈妈又在为我做饭了。

穷人家的孩子,物质上没有那么多奢望,不管吃什么,哪怕是棒子面粥,只要能灌饱肚子,也就心满意足了。

然而,让人最害怕的季节悄悄地降临了……

七

小时候常听大人们说:"穷人最怕冬天。"开始我并不明白这句话是什么意思。冬天又有什么不好呢?河里结了冰,天上雪花飘,或去滑冰,或去堆雪人,不是也快乐无比吗?

但小茅屋的冬天却是"吓人"的。

北方的冬天是寒冷的、无情的、残酷的,土地上裂开的大口子,便是这种残酷的象征。

天冷了,有钱的人家早把窗户糊好了,把容易漏风的门缝用纸糊起来,而且在屋里生起了煤火。虽然屋外寒风刺骨,屋里却热气腾腾。就是一般的人家,尽管买不起煤,生不起大煤球炉子,也会在晚上睡觉前在炉膛里点上木柴,把炕烧热。即便屋里没有热气,但躺在炕上,身下也是热乎乎的,同样是一种享受……

但我们家这些都没有。

屋外风呼啸,屋里冷飕飕。虽然妈妈在炉台点了几把柴禾,但抹上泥的玉米秸仍是"透风的墙",外边冷,屋里也冷,冻得我直发抖。墙角的水缸早已结了冰,要想烧点热水,就得用一块石头砸半天,才能把水面上的冰砸碎,但爸爸说,砸冰不能太使劲儿,如果用力太大,就会把水缸震裂。

天黑了,屋里的小油灯闪着微弱的光。说是油灯,其实那是我吃饭时摔掉了一块瓷的小破碗,里边放了点花生油,油捻子是根棉花条……

小油灯本来就不太亮,在透进来的风的"煽动"下,晃动得就更厉害了。

一天,屋外刮起了大风。

由于屋里太冷,又由于烧的柴禾少,炕一点儿也不热,加上棉被不厚,小茅屋变成了冰窖,冻得我根本睡不了。无奈,爸爸只得先钻入被窝里躺下,然后妈妈再给我脱了衣服,让我钻进爸爸的被窝,爸爸仰着身子,把我放到他的胸脯上,用他的体温给我取暖……

北风在吼,小茅屋在晃,一家人就在这窄小的"冰窖"里挣扎。

谁知第二天,北风仍没有停止,反而越刮越大。

天,像要塌了;

地,像要陷了;

只听见"哗"的一声响,后来才知道,那是王奶奶家的树被刮断了;

只听见"轰"的一声响,后来才知道,那是李叔叔家的小屋被刮倒了。

刮呀;

刮呀;

刮呀;

刮呀;

…………

突然,只听"呼"的一声,我家的小茅屋歪了,跟着就是一股冷空气灌了进来,眼看着就要把正在吃晌午饭的我们一家压在底下……

小茅屋要倒了!

眼疾手快的爸爸赶忙把我抱起来,对妈妈说:"先顾孩子,快抱着他上前院刘奶奶家躲躲去。"

妈妈把我抱走了,爸爸抱起一床大棉被在后边追我们。

小茅屋留给我的有欢乐,也有泪水……

一直到图书馆闭馆,我才把"小茅屋"写完,而泪水一直在腮上挂着。图书馆的王老师走到我的身边,看了看我,不知道发生了什么事,悄声说:"宗介华,该吃晚饭去了。有什么事别老想不开,你不是快毕业了吗?不管是往上升院部,还是工作,都不赖。啊,想开点!"

我激动地向她点点头。

在去大餐厅的路上,我悄悄地想:小茅屋写完了,为什么我哭了?那还是被打动了呗?"不管是小说,还是音乐,只有先感动了自己,然后才会感动别人。"这是一种创作体会。

猛地,我停下了脚步,脑海里立刻浮现出一个人——给我们上理论作曲课的张肖虎先生。他1931年考入了清华大学土木建筑系，但由于热爱音乐，后来他成了中国著名的音乐家、作曲家、音乐理论家和教育家，由他创作的歌剧《木兰从军》、舞剧《宝莲灯》等脍炙人口的音乐作品成了经典。他有一句话令我特别难忘：

"创作是抒发感情，教学是传授知识，而人的价值就是无私地奉献感情和知识。"

我应该以张先生为榜样，虽然他学的是土木建筑专业，却出于喜欢在音乐领域里开花结果；我学习的是理论作曲专业，而我酷爱文学，我要在文学领域勤学苦练，力争在文学大道上走出一条新路！

想到这里，我大踏步地向前走去……

后 记

不是结尾的结尾

一

多年的文学创作,多部作品的出版,建立了我与广大小读者相知与相识的渠道。

这是缘分。

二

我的童年生活是困苦的,随着身为农民的父母四处漂泊。由于他们没有文化,没有固定的地方住,长年在农村与城市之间辗转奔波,却依然是"黄连里抠娃娃——苦人一个"(歇后语,穷苦的意思)。

因此,这也就是我的《童年之歌》之一《北平旧事》的来由。

三

新中国成立以后，我们一家回到了农村老家，我也开始上学。虽然当时农村很苦、很穷，但农村的山川、河流、田野，以及各种各样的小动物为我的童年生活增添了迷人的色彩，也为我后来的写作提供了丰富的素材。大家喜欢的小刺猬、芦花鸡、田螺、翠鸟等成了我幼年时的玩伴。

因此，这也就是《童年之歌》之二《上学记》的来由。

四

童年时在北京天桥看艺人的演出，回农村后看各种民间小戏的表演，以及在中学音乐老师的鼓励下，我越来越喜欢唱歌，不但成了学校160人合唱队的小指挥，还被同学称为"小聂耳"。因此初中毕业后我考进了北京艺术学院附中音乐专科学校学习理论作曲，这也就是《童年之歌》之三《音乐的孩子》的来由。

五

通读"三部曲",大家会发现,无论是我在北京天桥流浪、回农村老家看演出,还是在音乐学校学音乐,我都没有忘记"写书"。

可以说,我的作家之路是在童年时就铺下的。没有在天桥听说书老爷爷讲故事,没有在农村老家听爸爸说《水浒传》,没有在音乐学校读著名作家周立波写的长篇小说《暴风骤雨》等文学名著的启蒙,我后来就不会在学校图书馆偷偷写小说,也就没有我对文学的痴迷。真的,直到昨天,我仍在坚持"天天写"!

六

文学之路是刻苦的;

文学之路是漫长的;

文学之路是艰辛的;

文学之路是感恩的；
…………

屈指算来，截至今日，我已经出版了90多本书，发表作品1400多万字。所以，我又深深地体会到：

文学是甜蜜的；
文学是诱人的。

但是，如果没有中国共产党的阳光普照，也就没有我的今天！

小读者们，你们说呢？

宗介华于北京